Amatöörit

Amatöörit

Martti Vuorinen (s. 1980) on Helsingissä asuva lauluntekijä ja musiikkituottaja. Hänen tekstejään on julkaistu mm. kirjallisuuslehti Lumoojassa. *Amatöörit* on hänen ensimmäinen novellikokoelmansa.

MARTTI VUORINEN

Amatöörit

Novelleja

Taitto: Books on Demand
Kansi: Kalle Pyyhtinen
Kustantaja: BoD – Books on Demand, Helsinki, Suomi
Valmistaja: BoD – Books on Demand, Norderstedt, Saksa

ISBN: 978-952-80121-1-5

Sisällysluettelo

KEVÄT

Huomasin huhtikuun ensimmäisenä sunnuntaina, iltapäivällä kun olin lähdössä lenkille, että pihassa oli lippu vedetty puolitankoon. Pohdin, kukakohan oli kuollut – talossa asui useita vanhempia pariskuntia. Olin 34-vuotias ja mahdollisesti talon nuorin asukas, mutta en tuntenut heistä ketään enkä ajatellut asiaa silloin sen enempää. Kiristin juoksukenkien nauhat ja aloin hitaasti hölkätä metsäpolulle päin. Oli aurinkoista ja kinokset sulivat kovaa vauhtia.

Seuraavana iltana ovikello soi. Nousin sohvalta jolle olin töistä tultuani torkahtanut, korjasin tukkaa, selvitin kurkkuani ja menin avaamaan oven."Anteeksi että häiritsen", sanoi kuusi- tai seitsemänkymppinen harmaa nainen, jonka silmät olivat vahvojen lasien takana väsyneet, punaiset ja turvonneet. "Anteeksi mutta kukaan muu tässä kerroksessa ei vaikuta olevan kotona. Minun isäni kuoli toissapäivänä."

Sanoin että otan osaa. En osannut sanoa muuta, olin vieläkin unenpöpperössä. Odotin kun nainen veti hieman nyyhkäisten henkeä ja jatkoi: "Kun hänellä on kissa. Tuossa vastapäisessä asunnossa. Lensin tänne tänään Tukholmasta, mutta minun on lennettävä takaisin jo illalla. Tyttäreni on sairaalassa. Voisitteko mitenkään käydä syöttämässä kissaa aamuisin ja iltaisin? Inhottaa pyytää näin tuntemattomalta, mutten keksi tähän hätään muuta, en tunne täältäpäin ketään. Ihan vain vähän aikaa, keksin kyllä jonkun järjestelyn mahdollisimman pian."

Pohdin asiaa hetken. Sitten suostuin. Vaihdoimme puhelinnumeroita, sain avaimen ja kävimme vanhuksen huoneistossa katsomassa kissaa jonka nimi oli Laikku.

Naisen lähdettyä ihmettelin miksi olin suostunut niin nopeasti. Ehkei minulla toisaalta ollut sen kummempaakaan tekemistä. Suurin osa vanhoista kavereistani oli tullut Ullan kautta, ja samat kaverit olivat viidentoista vuoden tuntemisen jälkeen lähteneet Ullan mukana. Töissä juttelin enimmäkseen Jannen kanssa, lähinnä koska hän istui samassa huoneessa, mutta vapaa-aikani kului yksin lähimaastossa lenkkeillessä ja telkkaria katsellen.

∗∗∗

"Hassua", nainen sanoi puhelimessa seuraavana iltana, "- isän asunto oli aivan siisti. Aivan kuin hän olisi siivonnut sen varta vasten. Ainoastaan puurokattila oli likainen, mutta sekin oli laitettu tiskialtaaseen likoamaan. Lääkäri kertoi että isä oli tullut taksilla Meilahden päivystykseen. Hän oli ilmoittautunut vastaanottoon, vaikuttanut kaikin puolin hyväkuntoiselta ja häneltä kysyttiinkin tiskillä, eikö hän voisi odottaa maanantaihin ja soittaa omalääkärilleen. Mutta hän oli vastannut sihteerille että hän tuli kuolemaan. Voitteko kuvitella! Sihteeri oli naurahtanut vitsille. Lääkäri kutsui isää tunnin päästä vastaanottohuoneeseen, mutta kukaan odotustilassa ei vastannut. Vasta myöhemmin illalla eräs hoitaja oli huomannut vanhuksen joka nukkui odotushuoneen penkillä. Kun hän meni herättämään isää, isä oli kuollut. Hän oli terve kuin pukki!"

Kuuntelin naisen tarinaa. Se kuulosti uskomattomalta. Olin kyllä huomannut että vanhuksen asunto oli hohtavan puhdas. Olohuoneen pianon kansi kiilsi. Kristallikruunu kimalsi katossa. Olen aika huolellinen ja pidän puhtaudesta, joten huomaan sellaiset asiat. Siksi en koskaan ottaisi lemmikkiä, enkä aikoinaan suostunut kun Ulla olisi halunnut koiran.

Viimeisinä aikoina riitelimme Ullan kanssa paljon. Olen itse hiljaisempi ja pyysin häntä olemaan hiljempaa naapureiden takia. Se vain ärsytti hänet suurempaan raivoon. Siitä on nyt puoli vuotta – olin pitkään sairaslomallakin, monta kuukautta, asiat olivat vähän sekaisin. Mutta en enää toivo Ullalle mitään erityistä. En pahaa enkä hyvää.

Seuraavana iltana nainen kiitteli minua vuolaasti toisessa päässä, kun vakuutin että kaikki oli ensimmäisenä aamuna mennyt kissan kanssa niin kuin pitikin. Se oli syönyt kaiken ja olin muistanut vaihtaa veden.

***

Viikkoa myöhemmin "järjestelystä" ei kuulunut vieläkään. Mutta nainen soitteli melkein joka ilta, pyyteli anteeksi, kyseli kissasta ja puhui. Kerran hän purskahti itkuun puhuessaan tyttärestään. Tytär oli neljättä kertaa vierotuksessa, oli repsahtanut viikkoa ennen kuin naisen isä kuoli ja oli ilmeisesti aika huonossa kunnossa. Olin toisessa päässä hiljaa.

Jälkikäteen toivoin että olisin osannut sanoa jotain lohduttavaa, tai edes sen ettei minua haitannut käydä syöttämässä kissaa. En välitä lemmikeistä, mutta se kissa ei häirinnyt mitenkään. Menin asuntoon aamulla ja illalla, kaivoin kissanruokapurkin kaapista ja kaadoin sen kuppiin, jonka ensin pesin. Sitten vaihdoin vesikuppiin veden. Hiekat vaihdoin vain iltaisin. Se oli helppoa, eikä siitä ollut vaivaa.

***

Yhtenä iltana jäin asuntoon pidemmäksi aikaa. Ihailin miehen olohuonetta – hetken aikaa mietin että puhuin Ullalle juuri tällaisesta aikoinaan, ennen kuin kaikki muuttui. Lösähdin istumaan isoon ja kuluneeseen nahkaiseen nojatuoliin joka oli käännetty isoa kulmaikkunaa päin. Nostin jalat rahille ja olin vain. Mietin mitä vanhus oli mahtanut miettiä siinä istuessaan.

Silloin huomasin kirjahyllyn päällä viskipullon. Mielijohteesta nousin ylös, etsin keittiön kaapista lasin ja kaadoin siihen muutaman sentin. En ymmärrä viskeistä mitään, ja tämä oli muutenkin ensimmäinen huikka melkein puoleen vuoteen. Istuuduin takaisin tuoliin ja siemaisin lasista. Jonkun ajan päästä tunsin viskin koko ruumiissa. Suljin silmät.

***

En koskaan lyönyt Ullaa. Kerran tosin löin nyrkkini seinään hänen päänsä viereen. Sen jälkeen Ulla sanoi aina pelkäävänsä minua, kun tuli riitaa. Tunsin että hän lipuu poispäin enkä voi tehdä mitään mikä toisi hänet takaisin. Kun olin pieni, rakensin isän kanssa lautan. Kerran kun airo tippui rantaveteen, kävin mahalleni ja yritin käsilläni soutaa lähemmäs sitä. Mutta lautta ei liikkunut mihinkään ja airo kellui kauemmas ja kauemmas.

Sen yhden lyönnin jälkeen rystyset olivat kipeät monta viikkoa ja koko kämmenselkä mustui. Kävin näyttämässä sitä työterveyslääkärille, valehtelin että se oli jäänyt oven väliin. Oikean keskisormen rystysessä näkyy vieläkin pieni jälki.

***

Nainen soitteli ja puhui, puhelut kestivät parina iltana melkein tunnin. Olin itse enimmäkseen hiljaa, mutta minulla ei ollut tylsää eikä kuunteleminen tuntunut pahalta. Istuin sohvalla työpäivän jälkeen ja kuuntelin hänen ääntään.

Hän kertoi kasvattaneensa tytärtään yksin siitä lähtien kun oli eronnut tämän isästä tytön ollessa kaksitoista. Mies oli perustanut uuden perheen ja tavannut tyttöä sen jälkeen vain pari kertaa vuodessa. Hän pohti, johtuiko tyttären huumeongelma erosta. Hän puhui myös omasta isästään. Hän sanoi tunteneensa syyllisyyttä siitä ettei ollut käynyt Helsingissä kovinkaan usein sen jälkeen kun miehen vaimo – hänen äitinsä – kuoli keuhkosyöpään. Mutta he olivat kuitenkin soitelleet viikottain, isä oli tuntunut terveeltä ja teräväpäiseltä ja sanonut pärjäävänsä hyvin.

"Onhan minulla Laikku", isä oli sanonut. "Mikäs hätä meillä
on."

Pohdin naisen tarinaa vanhuksen kuolemasta. En oikein
tiennyt mitä ajatella siitä – oliko lääkäri edes kertonut kai-
ken niin kuin nainen väitti. Oliko mies muka tiennyt kuo-
levansa? Koetin kuvitella kuinka mies oli viimeisenä aamu-
naan siivonnut kotinsa kokonaan. Tai ehkä hän oli aloittanut
jo aiemmin viikolla, koska ikkunatkin olivat tahrattomat.
Oliko hän käynyt läpi varastonsa – kaikki hyödylliset ja hyö-
dyttömät paperit ja valokuvat elämän varrelta? Maksanut
viimeiset laskunsa? Korjasin päivittäin postia miehen etei-
sen matolta ja panin ne keittiön pöydälle. Hänellä ei ollut
mainoskieltoa ovessa ja pohdinkin hetken, printtaisinko
töissä sellaisen hänen oveensa, kunnes huomasin ajatuksen
älyttömyyden.

***

Toisen viikon perjantaina, kun olin käynyt syöttämässä kis-
saa puolitoista viikkoa, nainen soitti jälleen, tällä kertaa jo
aamulla ennen seitsemää. "Toivottavasti en herättänyt", hän
sanoi. "Isän hautajaiset ovat huomenna. Lennän tänään illalla
sinne ja voin syöttää Laikun. Tiputtakaa vain avain postiluu-
kusta, niin minun ei tarvitse olla teille enempää häiriöksi.
Olen löytänyt Laikulle hoitopaikan Nurmijärveltä. Vaikka en
kyllä tiedä miten tuollainen vanha sisäkolli sopeutuu maati-
lalle", hän naurahti.

Hän piti tauon ja jatkoi: "En tiedä miten osaisin tarpeeksi
kiittää. Uskotteko Jumalaan?"

Hätkähdin. En usko Jumalaan ja sanoin niin. "No niin, kiitos teille oikein paljon", hän sanoi.

"Olen iloinen että pystyin auttamaan", vastasin. Ja niin olinkin. "Ja kaikkea hyvää tyttärellenne. Toivottavasti hän tulee kuntoon", jatkoin. Sitten lopetimme puhelun.

Olin sinä aamuna jo syöttänyt Laikun koska olin herännyt jo aamuyöllä enkä saanut enää unta. Menin viemään avainta vanhuksen postiluukkuun, mutta sitten päätinkin käydä asunnossa vielä kerran.

Laikku tuli nykyään tervehtimään minua ovelle. Ensimmäisinä päivinä se oli pysytellyt omissa oloissaan siihen asti kun avasin jääkaapin oven. Silitin sitä vähän aikaa ja menin olohuoneeseen.

Istuuduin vielä kerran nojatuoliin. Vilkaisin isoa puista seinäkelloa, sitten muistin että se oli pysähtynyt jo monta päivää sitten. Mutta tiesin ettei ollut kiire.

Aurinko oli nousemassa. Katselin viskipulloa josta olin juonut ja sitten katseeni harhaili kirjahyllyn kirjojen selkämyksiin. En lue juuri muuta kuin sanomalehtiä ja Tekniikan Maailmaa, joten suurin osa kirjojen ja kirjailijoiden nimistä ei sanonut minulle mitään. Ylähyllyn laitimmaisen kirjan selkämyksessä ei lukenut muuta kuin vuosiluku. Kiinnostuin, nousin ylös ja kaivoin sen hyllystä.

Se oli vanhuksen päiväkirja.

Avasin sen ja lehteilin sitä. Hän oli merkinnyt pelkkiä säähavaintoja. Ei mitään muuta. Sitten mieleeni juolahti jotain.

Selasin kirjaa eteenpäin kunnes tyhjät sivut alkoivat ja etsin
viimeisen sivun jolla oli kirjoitusta.

Lauantai 5. huhtikuuta
+4
Aamulla satoi räntää ja vettä.
Sen jälkeen aurinkoista.

Suljin päiväkirjan ja panin sen tuolin viereen lattialle. Yht-
äkkiä Laikku pomppasi jostain syliini. Se ei ujostellut minua
enää lainkaan. Tiesin ettei se ollut minun kissani. Eikä oikein
kenenkään muunkaan. Olen vähän allerginenkin. Mutta pi-
din sitä sylissä ja silitin sen turkkia. Sitten laskin sen maahan
ja se sujahti saman tien jonnekin.

Nojasin taaksepäin tuolissa. Katsoin ulos ja erotin takapihan
koivuissa orastavat silmut. Istuin siinä, kuolleen miehen olo-
huoneessa ja katselin kuinka kevätauringon häikäisevä valo
vähä vähältä levittäytyi lattialle, sitten kristallikruunuun, ja
sieltä joka paikkaan.

LUPAUS

Tuijotan koneen näyttöä. Ulkona hämärtää, on maaliskuun alku ja pimeä tulee vielä aikaisin. Tajuan etten ole ajatellut Roosaa pitkään aikaan.

Siitä täytyy olla – mitä, kymmenen vuotta? Istuin nurkka-pöydässäni yksin kun hän yhtäkkiä käveli Pub Iloon. En ollut nähnyt häntä eromme jälkeen muutamaan vuoteen, mutta tunnistin hänen punaisen tukkansa. Se oli vieläkin leikattu suunnilleen samalla tavalla ja kihartui tutun näköisesti nis-kaan.

Hän tilasi punaviinipullon ja kaksi lasia ja meni pöytään oven viereen. Hän ei huomannut minua, vaikka baari oli puoli-tyhjä. Hän kaatoi pullosta itselleen. Hän odotteli aikansa, poltti muutaman tupakan – silloin se oli vielä sallittua sisällä. Mutta ketään ei tullut. Hän kaatoi viiniä toiseenkin lasiin. Sitten hän joi vuorotellen kummastakin lasista, aivan kuin siinä ei olisi mitään omituista.

Kun hän meni tiskille tilaamaan lisää, käytin tilaisuutta hy-väkseni ja livahdin ulos. Poistuessani näin ikkunasta hänen vitsailevan baarimikon kanssa. Hän oli vieläkin iloinen ja kikatti jollekin, mutta silmien ympärillä oli ryppyjä ja luomet olivat raskaammat kuin ennen.

Ja kerran – sen täytyi olla tämän jälkeen, ehkä vuonna 2009 – hän soitti minulle. Olin unohtanut panna puhelimen äänettömälle yöksi. Säpsähdin hereille sen pirinään kolmelta yöllä ja vastasin katsomatta kuka soittaa. Toisesta päästä kuului kapakan tai juhlien melua, kovaan ääneen nauravia ihmisiä.

"Hei!" Roosan ääni oli käheä enkä tunnistanut sitä heti. Jälkikäteen mietin oliko hänellä flunssa tai jotain. Suljin puhelimen sanomatta mitään.

***

Roosa oli suosittu jo yläasteella. Olimme yhdessä viisi vuotta vuosituhannen vaihteessa. Ja kolme niistä asuimme yhdessä.

Muutimme Myllypuroon pieneen kaksioon, joka oli rumassa 70-lukulaisessa kerrostalossa. Mutta se oli ylimmässä kerroksessa ja kesäaamuisin aurinko valaisi melkein koko kämpän. Seinät olivat paperia ja heräsimme usein naapureiden riitelyyn öisin. Roosa havahtui aina minua ennen ja herätti minut. Yritin usein saada unta uudestaan, mutta silloin, kun hän nousi istumaan sängynpäätyä vasten, tiesin ettei siitä tulisi mitään.

Nousin istumaan hänen viereensä, ja hän kuiskasi "hei!" ja hymyili. Sillä sanalla hän tervehti minua aina kun oli odottanut että herään hänen kanssaan valvomaan – ikään kuin olisi tavannut kadulla naapurin. Se oli hassua, koska se oli niin erilainen kuin hänen hyvänyöntoivotuksensa. Silloin hän suuteli minua suulle ja sanoi "hyvää yötä rakas kulta." Yleensä ynähdin vastaukseksi.

Eräänä tällaisena yönä istuimme hiljaa vierekkäin ja kuuntelimme alakerran naapureita. Mies karjahteli naiselle örisevällä ja sopertavalla bassoäänellä ja nainen kiljui takaisin ja itki välillä. Yksittäisistä sanoista, lähinnä kirosanoista, sai selvän. Se oli tuttua – oikeastaan odotimme, kuuluisiko tänä yönä kolahduksia tai räsähdyksiä, rikkoutumisen ääniä. Eräänä yönä niitä oli kuulunut: jompi kumpi, tai kummatkin, rupesivat viskomaan astioita. Silloin Roosa tarttui minua tiukasti ranteesta, niin kovaa että säpsähdin. Roosan hengitys oli kiihtynyt ja hänen silmänsä olivat kauhusta selällään. Mietin pitäisikö minun soittaa poliisi. Mutta en noussut sängystä. Panin vain toisen käteni Roosan valkorystyisen nyrkin päälle ja silitin sitä hiljaa.

Puolen tunnin päästä riita alkoi laantumaan, niin kuin lentokone joka aloittaa laskeutumisen, ja kolmen vartin päästä oli hiljaista.

Roosa sanoi: "Lupaatko ettei me tehä noin koskaan. Ei rikota mitään. Vaikka mikä olis, vaikka olis kuinka vaikeeta, niin jutellaan ja yritetään selvitä yhessä. Lupaatko?" "Lupaan", vastasin. Otin hänet syliini, painoin kasvoni hänen hiuksiinsa ja olimme siinä pitkän aikaa. Sen jälkeen nukuimme loppuyön sikeästi.

Tämä palaa mieleeni nyt kun istun koneella ja selailen viestiketjua.

***

Luin vähän aikaa sitten aamupalalla sunnuntailiitteen kansijutun, jossa oli haastateltu vanhoja taistolaisia. Artikkelissa heitä vaadittiin tilille sanomisistaan 70-luvulla ja päiviteltiin kuinka he olivat melkein kaikki sittemmin kääntäneet takkinsa mielipiteineen ja sukeltaneet syvälle markkinakapitalismiin. Moni oli noussut johtavaan asemaan Neuvostoliiton jälkeisessä Suomessa. Haastateltavat suhtautuivat kysymyksiin kummallisen yliolkaisesti. Monet naureskelivat nuoruuden hairahdukselleen – ikään kuin olisivat muistellessaan puhuneet jonkun toisen ihmisen sanoista ja teoista eivätkä omistaan.

Huomautin silloin Niinalle, että ihmeellistä miten helposti ihminen luopuu periaatteistaan. Että järkyttävää kuinka halvalla kuka tahansa on ostettavissa ja se, mikä eilen oli totta, on jätettä tänään.

***

Alkuaikojen jälkeen Roosalle ja minulle tuli tietysti muitakin aikoja. Tuli etäisyys, tuli riitoja, ja lopuksi mekin viskoimme astioita. Mutta emme huomanneet että olisimme sinä yönä rikkoneet muuta kuin ne astiat. Muistan että paiskasin ulko-oven takanani kiinni ja join itseni alakerran baarissa kaatokänniin.

Vähän tämän jälkeen hain tavarani pois asunnosta. Keräsin kaikki tyhjät pullotkin, joita Roosalla ja minulla siinä vaiheessa kerääntyi tasaisesti säkkitolkulla, ja vein ne jonkinlaisena lapsellisena kostona tai viimeisenä sanana lähikauppaan, jottei Roosa saisi niitä rahoja.

***

Luen viestiketjun uudelleen. Vanhat lukion luokkakaverit ja vuotta nuoremmat ovat järjestämässä jonkinlaista luokkakokousta ja siitä keskustelu on rönsyillyt muihin parinkymmenen vuoden takaisiin piireihin ja tuttuihin. "Roosa valitettavasti menehtyi toissa kesänä", Tuomo kirjoittaa.

Sen jälkeen keskustelussa on parin päivän tauko.

Kukaan ei kysy mihin Roosa kuoli – ehkä kaikki muut ovat tienneet paitsi minä, tai sitten se on kaikille ilmiselvää. Seuraavassa viestissä pohdiskellaan jo sopivaa ravintolaa tapaamiselle.

Tuijotan ruutua. Kuulen keittiöstä lasteni ja Niinan äänet, he pelaavat Afrikan tähteä.

Mietin sitä taistolaishaastattelua, ja Roosaa ja minua. En osaa sanoa oliko joku, tai kukaan, syyllinen siihen että kävi niin kuin kävi.

Ehkä niin vain käy. En tiedä.

"Roosa valitettavasti menehtyi toissa kesänä." Tältä tämä tuntuu, mietin. Seuraava asia joka tulee mieleen on, että en ole tiennyt tätä aikaisemmin. Että viimeisen puolentoista vuoden aikana, vaikken ole miettinyt Roosaa juuri ollenkaan, olen kuitenkin olettanut että hän on elossa jossain päin maailmaa. Mutta hän olikin kuollut koko tämän ajan, puolitoista vuotta, enkä ole tiennyt sitä.

Luen lauseen uudestaan ja mietin. Jonkin ajan päästä näyttö sammuu. Makuuhuoneeseen tulee pimeää.

Sen yön jälkeen, kun olimme nukkuneet sikeästi, heräsin ja näin Roosan seisovan makuuhuoneen peilin edessä selin minuun ja harjasi punaista tukkaansa. Omalla tarkalla systeemillään – viisi vetoa vasemmalta, sitten viisi oikealta puolelta. Hitaasti ja hyräillen, toisessa maailmassa. Makasin aivan hiljaa jotten häiritsisi ja seurailin hänen päänsä liikkeitä. Hän oli lähellä mutta kuitenkin ihan yksin. Oli valoisaa ja avoimesta ikkunasta tuoksui kesä. Kaikki tuntui keveältä. Suljin silmäni ja odotin että hän kömpisi viereen herättämään minut, mutta nukahdin uudelleen.

Olimme silloin kaiken alussa, ennen kaikkea sitä mikä tuli sitten myöhemmin.

"Isi?"

Havahdun. Käännyn ja näen Sinin ovensuussa. Hän seisoo pimeän huoneen kynnyksellä ja hänen äänensä epäröi. Tajuan että keittiöön on tullut hiljaista. Sini odottaa vähän aikaa, hiippailee sitten viereen ja alkaa nykiä hihasta. "Tuu pelaamaan. Sun pitää tulla pelaamaan, äiti ei jaksa enää. Tuu", hän kuiskaa.

Nostan Sinin syliin ja pidän häntä siinä. Hän painaa päänsä poskeeni ja tunnen hänen shampoonsa tuoksun. Hitaasti ja varovasti nousen ylös. Varmistan ettei minua huimaa ja odotan vähän aikaa että silmä tottuu pimeään. Puristan Siniä sylissäni ja otan askelen kerrallaan ulos pimeästä huoneesta, hitaasti ja varovasti, kohti keittiötä ja valoa.

ALOPEKIA

Me jonotetaan ravintolassa ja mä tunnustelen etusormella niskasta tukan ja pään rajaa. Mä teen sitä aika usein ja Jannika huomauttelee siitä. "Vittu toi on tyhmän näköstä", se sanoo. "Tytöt", äiti sanoo. Me tilataan kolmet makkaraperunat. Raimo maksaa.

Raimo on mun isäpuoli. Lissu, joka on mun pienempi pikkusisko – iltatähti, niin kuin äiti ja Raimo kutsuu sitä – ryntää maustepöydälle, kaivaa kulhoista ketsuppi- ja sinappipusseja kouriinsa ainakin parikymmentä, levittelee ne tarjottimelle, kattoo meitä ja kikattaa. Ravintolassa on aika paljon jengiä, mut silloin jotkut vanhukset nousee ja lähtee ja me saadaan ikkunapöytä. Me ollaan tulossa iltalaivalla Tallinnasta. Laiva keinuu vähän ja Lissu horjahtelee, teeskentelee että se pyörtyy ja kikattaa taas.

***

Vuosi sitten maaliskuun yheksäntenä, kolme päivää ennen kuin mä täytin seittemäntoista, heräsin aamulla siihen että silmiä kutitti. Nousin ylös, hieroin niitä. Katoin tyynyä ja se oli täynnä hiuksia. Kosketin päätäni. Tyynyliinan vaaleansinistä ponikuvaa ei näkynyt ollenkaan tumman hiusmytyn alta. Otin tukasta kiinni, nykäisin ja kouraan jäi tukko. En mä muista mitä ajattelin. Kai mua pelotti. Huusin äitiä, joka oli alakerrassa just lähdössä töihin. Se ähkäisi, laahusti yläkertaan ja tuli oveen ärtyneen näköisenä. Myöhemmin kuulin vessan oven läpi kun se itki, vaikka se oli avannut suihkun etten kuulisi.

***

Me syödään makkaraperunoita ja mäkin syön vähän. Lissun suun ympärillä on ketsuppia. Raimo hymyilee, ottaa servetin ja kostuttaa sitä äidin vesilasissa, pyyhkii Lissun suun ja pussaa sitä otsalle. Lissu kumartuu ja kaivaa äidin kassista jotain. Se on goottibarbie, mä ja Lissu ostettiin sellaiset eilen. Lissu avaa paketin äidin estelyistä huolimatta. Mä kaivan mun repusta omani ja avaan sen. Pöytä on täynnä makkaraperunoiden jämiä, tyhjiä ja avaamattomia ketsuppi- ja sinappipusseja ja barbielaatikoita. Jannika pyörittelee silmiään ja tuhisee.

***

”Alopekia”, lääkäri sanoi ja kattoi mua silmiin niin hyvin kuin osas. En ollut koskaan kuullut sitä sanaa. Mutten pyytänyt sitä selittämään tai mitään. Ne oli ottanut kaikki kokeet edellisellä viikolla ja äiti istui mun vieressä ja puristi mua kädestä niin kovaa että tunsin kuinka sydän löi. Lääkäri oli Raimon ikäinen ja sillä oli samanlainen kaljamaha. Alopekia on sama kuin pälvikalju.

***

Jannika puhui eilen hotellihuoneessa koko illan sen kundikaverin Peten kanssa Skypellä ja lopuksi en jaksanu enää kuunnella niitä. Lissu nukkui jo ja Raimo ja äiti oli kattomassa jotain keikkaa. Epäröin vähän aikaa, mutta sitten ajattelin että oon kuitenkin täysi-ikäinen. "Ethän sä voi mennä yksin baariin, vitun hullu", Jannika sähisi kun sanoin sille että oon lähdössä. Mutta silloin Pete soitti uudestaan ja Jannika vain mulkaisi mua ja meni takaisin koneen ääreen lässyttämään.

Menin vessaan ja asettelin tukkaa paikalleen monta kertaa peilin edessä. Vedin sitä alemmas ja korjasin taas takaisin. Monta kertaa. Sitten menin lähemmäs ja katoin itteäni silmiin pitkän aikaa ja kuvittelin että katoin jotain toista. Jotain tuntematonta tyyppiä. En osaa selittää sitä.

***

Oli lauantai ja baari oli ihan tukossa. Tsekkailin varmuuden vuoksi vähän aikaa, mutten nähnyt äitiä ja Raimoa missään. Joku känninen suomalainen läski äijä karjui baarimikolle jotain. Toinen lässytti jotain vähän mua vanhemmalle tytölle joka yritti hymyillä. Kun mun vuoro tuli, tilasin omenasiiderin. Joku muija tippui baarijakkaralta ja poket tuli hakemaan sitä pois. Menin sivummalle.

Puolen tuopin jälkeen se alkoi tuntua jaloissa. Vaalea äidin ikäinen muija jolla oli pystyyn tupeerattu punainen tukka ja oranssia huulipunaa horjui jostain mun viereen. Se seisahti siihen ja kaivoi pitkään käsilaukustaan jotain. Se oli musta paksu tussi. Ei sanonut mitään, hymyili vaan. Se tarttui mua oikeasta kädestä ja alkoi piirtämään jotain ranteen yläpuolelle. En osannut tehdä mitään. Nolotti, mut kukaan ei näyttänyt huomaavan.

Kun se oli valmis, näin että se on pääkallo. Muija laittoi tussin takaisin laukkuun ja sitten halasi mua pitkään. Mä vaan olin siinä. Halaus jatkui ja mä suljin silmät. Se ei tuntunut mitenkään pahalta. Hetken aikaa kuvittelin että olin jossain toisessa paikassa. Sitten se lopetti, kattoi mua harittavasti silmiin ja laittoi käden mun poskelle. Se kääntyi ja lähti horjuen vessaa kohti.

Katoin sitä pääkalloa. Se oli tosi hienosti piirretty vaikka se muija oli ihan kännissä.

***

Aiemmin eilen, kun oltiin viety laukut Viru-hotellille muttei vielä saatu huonetta, me käveltiin vanhankaupungin läpi. Lissu oli nukahtanut vaunuihin, aurinko paistoi ja Raimo näytti meille luuristaan että oli seittemäntoista astetta lämmintä. Äiti sanoi sille että kai sen nyt tuntee muutenkin. Kun Lissu heräsi, me käveltiin puistoon jossa oli jätskikioski ja lampi täynnä sorsia.

Mä istuin lammen rantaan penkille syömään tuuttia. Yhdellä sorsalla törrötti kaulan ympärillä joku muovirengas. Se näytti rusetilta. Vähän ajan päästä tajusin että se oli sellanen muovinen renkula sikspäkin pidikkeestä. Jannika tuli jätskinsä kanssa viereen istumaan. Se huomasi saman ja huusi: "Voi ei!" Mutta se renkula ei haitannut sitä lintua yhtään. Se

kirmasi muiden sorsien perässä, räpytteli välillä siipiään ja
piti kovaa ääntä.

***

Raimo juo loput kaljastaan ja alkaa korjailla lautasia, haaru-
koita ja ketsuppipusseja tarjottimelle. Sitten se sanoo että se
käväisee ulkona. Se tarkoittaa että se menee röökille, mut äiti
ei halua kuulla sitä. Lissu on keskittynyt barbien vaatteisiin ja
Jannika näprää luuriaan. Meen ulos kannelle Raimon perässä.
Tuulee aika kovaa ja mä tunnustelen mun niskaa, mut tukka
pysyy paikallaan.

Raimo sytyttää sätkän, vetää syvät henkoset. Se kattoo ula-
palle ja hätkähtää vähän kun tuun sen viereen. Se nyökkää
mulle ja hymyilee. ”Mikä sulla on tossa”, se kysyy ja osoittaa
pääkalloa. ”Piirsin sen eilen”, mä sanon. ”Tosi upee”, Raimo
sanoo. Se imee taas röökiään ja on vähän aikaa hiljaa. ”Oliko
hyvä reissu”, se kysyy. ”Joo”, mä vastaan.

LEIPÄ

"Tilanne on paha", Riitta sanoo ja vetää henkeä. "Kimmon ja Ellin lisäksi irtisanomistarve on kolme henkeä lisää." Riitta on luottamusmies ja pukeutuu aina mustaan. Hän puhuu matalammalla äänellä kuin yleensä.

Istun neukkarin nurkassa ja kuuntelen. Melkein koko firma, johtajat poisluettuna tietenkin, on paikalla. On torstai, kello on varttia yli kymmenen, päässä tuntuu eilen juodut neljä isoa nelostuoppia. Kaivan taskusta purkan. Mietin että Riitta on kova luu ja hyvä työssään.

"Entä johdon bonukset, voidaanko me vaatia niitä luopumaan niistä?", kysyy Kari. Riitta vastaa että voidaan ehdottaa mutta että se on johdon henkilökohtainen asia. Samoin kuin Kimmon ja Ellin irtisanomispaketit. Toimari on neuvotellut ne heidän kanssaan ja se on heidän henkilökohtainen asiansa.

Kari on ollut vihainen siitä asti kun YT-neuvottelu alkoi. Hän sanoi ensimmäisessä henkilöstön tapaamisessa ettei hän aio siirtää kehityskeskusteluaan YT:n jälkeen vaan aikoo mennä sinne ja tiputtaa sellaisen pommin että ainakin tietävät hänen mielipiteensä. Yritin keventää tunnelmaa sanomalla että toivottavasti vain sanallisen pommin. Mutta Kari ei nauranut, ja hän katsoi minua vähän aikaa jotenkin kovasti, ikään kuin ohitseni, ja näin että hän oli vihainen. Mieleeni tuli ne panttivankeja murhanneet islamistitaistelijat, joista olin sinä aamuna lukenut Hesarin artikkelin.

***

Ulkona paistaa aurinko, on maaliskuun puoliväli. Katselen neukkarista ulos. Aulan isoista ikkunoista tulvii valoa sisään. Tänä talvena ei ole tullut lunta juuri ollenkaan ja nyt sekin vähä on sulanut pois. Aulan edustalla tien toisella puolella on pieni puistikko, jossa oli vielä pari päivää sitten pieni likainen lumikinos. Nyt sitä ei enää näy. Ilmassa on paljon pölyä – katuja ei ole siivottu vielä, koska saattaahan tulla vielä lunta. Silmät on olleet ärtyneet monta päivää ja nokka valuu. "Sulla saattaa olla allergia, ne voi alkaa noin vain", Riitta sanoi eilen kun kävin keittiössä niistämässä.

"Tosi raskasta", Anne sanoo. Hän on ollut töissä firmassa kohta 30 vuotta. Hän huokaisee, nostaa kädet silmilleen ja hieroo niitä pitkään. Mietin alkoiko hän itkeä. Kun hän viimein laskee kätensä, näen että ei. Mutta hän näyttää väsyneeltä, harmaalta ja vanhalta.

Vaihdan asentoa mutta se ei auta. Keinonahkainen tuoli hiostaa pakaroita. Yhteistoimintaneuvottelu. Pohdin sitä sanaa vähän aikaa. En ennen tiennyt mistä YT oli lyhenne. Mutta nyt tiedän mitä se tarkoittaa.

***

"Lähetkö syömään", Ville kysyy myöhemmin aamupäivällä huoneessani. Mennään vaan, vastaan. Käymme usein nepalilaisessa, vaikka se on vähän liian raskasta lounasruoaksi. Sovimme että menemme tällä kertaa salaattipaikkaan.

"Varokaa silmiänne", Sari sanoo vakavana kun vedämme aulassa takkeja päälle. "Sitä ei saa kattoa suoraan, eikä aurinkolasit riitä." En ymmärrä mistä hän puhuu. Mutta Ville on kartalla: vähän puolenpäivän jälkeen tulee auringonpimennys. Viimeinen tilaisuus, seuraavaan on monta sataa vuotta. Tokaisen että katsotaan mieluummin tämä, en jaksa odottaa niin kauan. Sari, Riitta ja uusi harkkari nauravat. Kari on tullut vessasta, kuulee keskustelun ja nauraa myös. Katson hänen kasvojaan ja hän vaikuttaa jotenkin rennommalta nyt. Erik kävelee aulaan ja liittyy keskusteluun. "Katselin viimeksi auringonpimennystä Kouvolan hyppyrimäen tornista 90-luvun alussa, mutta silloin se oli yöllä", hän sanoo.

"Sanotaan että eläimet vaikenee usein kun tulee auringonpimennys. Tai käyttäytyy omituisesti", Erik jatkaa. "Joo mäkin oon kuullut tosta", harkkari sanoo. Minna tulee ulko-ovesta ja riisuu takkia päältään. "Ai niin se auringonpimennys", hän sanoo itsekseen. Sitten hän tulee mukaan samaan keskusteluun. Seisoskelemme aulassa ikkunoiden edustalla ja yläkerrasta tulee lisää ihmisiä huoneistaan. He liittyvät siihen samaan rinkiin. Villellä ja minulla on takit päällä, ollut jo vartin. Mutta ei ole liian kova nälkä ja tuntuu ihan mukavalta seisoskella aulassa ja jutella. Nikke ja Selma tulevat siihen myös.

"Äiti Amma käskee aina pysymään sisällä jos tulee auringonpimennys", Minna sanoo. "Sen mielestä sen vaikutus ihmiselle on liian dramaattinen. Astrologit sanoo että kun tää auringonpimennys sattuu yhtä aikaa uuden kuun kanssa, niin se tarkoittaa isoja muutoksia sekä henkilökohtaisella että yleisellä tasolla." Yleisellä tasolla, mietin. En oikein osaa ajatella siitä mitään. Tai ehkä ajattelen että Minna uskoo tuollaiseen. Mutta mikä minä olen toisaalta sanomaan. Luulen että asioita vain tulee ja sitten ne otetaan vastaan ja tehdään mitä voidaan. Niin kuin tämä auringonpimennys. Tai YT-neuvottelu, tai se että huomasin aamulla Liinan koneen hakuhistoriasta että se on viime päivinä etsinyt kaksioita Espoosta. Joten mistä minä tiedän.

***

Valo alkaa muuttua ja siirrymme lähemmäs ikkunaa. En mene kotiin tänään, mietin. En mene enää terapeutille enkä jaksa enää riidellä. Pitäisiköhän käydä Tukholmassa? Moneltakohan Viking Line lähtee? Onkohan ne avanneet jo kansibaarin talven jälkeen? Kuvittelen itseni sinne tuoppi kädessä. Mutta samalla muistan kun kävimme Liinan kanssa ekaa kertaa risteilyllä. Siitä on viisi tai kuusi vuotta. Oli elokuu ja helle, kävin hakemassa oluen ja Liinalle siiderin. Hän seisoi kaiteen luona ja katseli vanaveden kuohua. Panin juomat pöydälle, kävelin Liinan taakse ja otin hänet syliin. Titanic, kuiskasin ja suutelin häntä poskelle. Myöhemmin rakastelimme hytissä joka oli autokannen alla. Mutta se oli silloin. Liina on lihonut ja jatkuvasti surullinen, ja muutkin asiat ovat toisin.

Kun auringonpimennys alkaa, koko firma on kerääntynyt aulaan. Paitsi johto joka ei ole paikalla. Valo on omituinen, näyttää kevätillalta vaikka on oikeastaan talvipäivä, ja alamme kaivaa puhelimia esiin. Joku sanoo että sitä ei saa katsoa kameran läpi, että sekin voi ehkä vahingoittaa silmiä. Mutta teemme niin silti.

Katselen aurinkoa näytön kameran läpi, olkani yli, varmuuden vuoksi selin siihen. Se näyttää ruudulla pieneltä tarkkareunaiselta pallolta, peukalonpään kokoiselta. Minna ja Ville seisovat vieressäni ja katsovat myös, mutta kasvot aurinkoon päin kääntyneinä. Jotenkin tunnen heidät siinä, ja tajuan, että olemme tässä kaikki. Seisomme työpaikan aulassa isojen ikkunoiden luona. On torstai ja maaliskuu, täytän tänä vuonna 32. Ja seuraava tilaisuus tulee vasta satojen vuosien päästä.

***

Ulko-ovi käy ja sisään tulevat Kimmo ja Elli ja heidän perässään Johannes. He ovat käyneet nepalilaisessa hakemassa lounasta mukaan. "Ai kaikki on täällä! Tosi jännä valo tuolla ulkona", Elli huudahtaa ja nauraa. Hän nauraa paljon. Muistan että olin ehkä vähän ihastunut häneen kun aloitin täällä. Mutta se ei kestänyt kauaa, ja olin silloin jo Liinan kanssa. Ja nyt Elli saa potkut – niin kuin ehkä minäkin. En ehkä näe häntä enää koskaan, mietin. Mutta Elli vaikuttaa kaikesta huolimatta iloiselta ja juttelee kaikkien kanssa ja nauraa. Se tuntuu mukavalta. Toivon hänelle pelkkää hyvää.

Kimmo, Elli ja Johannes menevät ikkunalaudalle availemaan ruokapakettejaan. "Ai tää on näin iso", Johannes mutisee. "Hei haluuks joku tätä naanleipää", hän kääntyy ja kysyy. "Ne on laittanu tänne ainakin tuplamäärän. Mä en varmana jaksa kaikkea", hän jatkaa. Harkkari, Minna, Sari ja pari muuta menevät hakemaan leipää ja Johannes repii heille siitä isoja paloja. "Voi miten hyvää leipää, tää on ihan tuoretta", Minna huudahtaa.

Keittiöstä tulee lisää ihmisiä eväät mukanaan – kellä on salaatti, kellä mikroateria, juustoa, leikkeleitä. Joku avaa sipsipussin ja lähettää sen eteenpäin, seuraavaksi kiertoon lähtee pussillinen sämpylöitä. Joku kantaa aulaan ottimia ja laseja. Otan sämpylän, halkaisen sen sormin, voitelen sen paksusti ja täytän sen juustolla. Sämpylä on kuohkeaa ja lämmintä, sulaa suussa. "Nyt on hyvää leipää", sanon Villelle. Villekin ottaa sämpylän, haukkaa. Vähän ajan päästä hän sulkee silmänsä ja pureskelee pitkään. Kun hän aukaisee silmänsä, hän katsoo minuun päin ja nyökyttelee. "On kyllä todella hyvää."

Ulkona pimenee koko ajan, mutta ei kuitenkaan sen näköisesti että olisi tulossa yö. Olemme kokoontuneet ikkunalaudan ääreen ja ihailemme omituista valoa. Riitta menee keittiöön ja palaa sieltä syli täynnä pulloja ja tölkkejä, limppareita ja olutta. "Nämähän on pelkkään neuvottelukäyttöön niin kuin arvon talousjohtaja meilitse huomautti. No, eikö tämä ole neuvottelu tämä YT", hän hörähtää. Nauramme.

Aulaan alkaa tulla hiljaista, syömme hyvällä ruokahalulla ja katselemme ulos. Jotkut käyvät lattialle istumaan, syövät ja juttelevat hiljaa. Otan toisenkin sämpylän, vähän sipsejä ja avaan kolatölkin. Tuntuu hyvältä ja mietin hetken että voisin soittaa Liinalle. Kunnes muistan. Mutta kun ajattelen Liinaa, muistan hänet sellaisena kun hän oli siellä risteilyllä, ja lämmin aalto kulkee lävitseni. Päätän etten soita hänelle, mutta se lämmin tunne jää jotenkin olemaan.

***

Kun kaikki ovat syöneet, hämärä alkaa hitaasti väistyä ja valo palata ennalleen. Jäämme kuitenkin siihen vielä katselemaan ulos – ikään kuin olisimme yhdessä sopineet että haluamme nähdä tämän kokonaan. Ruokapaketit ja tyhjät pullot ehtii siivota joskus myöhemmin.

Silloin puistikkoon kävelee resuinen vanha nainen Alkon kassi kädessä. Olen nähnyt hänet siellä ennenkin samassa tumman-vihreässä talvitakissa. Hän kaivaa kassista esiin viinipullon ja kolmioleivän, laskee ne jalkojensa juureen. Hänkin kaivaa taskustaan puhelimen esiin ja kääntää sen ylös aurinkoa päin. Mutta juuri silloin hän huomaa meidät kaikki seisomassa siinä, parinkymmenen metrin päässä, aulan ikkunassa. Ensin hän kurtistaa kulmiaan, mutta virnistää sitten leveän hymyn. Hän katselee meitä pitkään, nostaa puhelimen poikittain kasvojensa eteen ja tähtää. Salamavalo pilkahtaa. Sitten hän panee puhelimen takaisin taskuun. Hän hymyilee iloisesti ja vilkuttaa meille, ja me hymyilemme ja vilkutamme takaisin.

KAVERIN LUONA

Olen kotikaupungissani tapaamassa kaveriani ensimmäistä kertaa yli kymmeneen vuoteen. Ajelen ympäri kaupunginosaa, jossa Kari nykyään asuu vaimonsa ja pienen poikansa kanssa. En muista käyneeni täällä koskaan ennen. Alueella on paljon uudennäköisiä paritaloja ja jonkin verran vanhoja rintamamiestaloja. Löydettyäni oikean osoitteen parkkeeraan talon edustalle. Verannalla ulko-oven vieressä roikkuu Suomen lippu, vähän niin kuin amerikkalaisissa leffoissa. Katselen sitä kun soitan ovikelloa.

Kari näyttää samalta kuin ennenkin, iloiselta ja hyväkuntoiselta. Se on palomies ja sen silmäkulmissa on ryppyjä nykyään. Me paiskataan ensin kättä, mutta sitten halataankin jonkin aikaa, kunnes se läimäyttää minua selkään.

Olen täällä siksi että kuulin Karin isän kuolleen. Sen sisko kuoli pari vuotta sitten ja äiti jo silloin kun me oltiin lapsia. Kun kuulin Karin isän kuolemasta, en tuntenut aluksi mitään. En edes tiennyt että se oli ollut sairas.

Myöhemmin illalla muistin Karin pitkästä aikaa – siis kirjaimellisesti. Muistin miltä se näyttää, tai näytti kun viimeksi näimme – ja tunsin äkkiä hirveää, upottavaa surua. Sanoin Annille että menen aikaisin nukkumaan koska olen varmaan vilustunut. Loppuillan makasin peitto korvilla ja surin Karia. Mietin, että sillä ei ole enää ketään jäljellä perheestä, jonka kanssa se kasvoi ja joiden keittiönpöydässä itsekin pikkupoikana istuin, ennen kuin muutimme siitä kerrostalosta kauemmas omakotitaloon.

***

Se oli tietysti aikaa ennen tätä, Karin omaa perhettä. Nyt se esittelee minut eteisessä noin kolmevuotiaalle pojalle, joka kättelee kohteliaasti ja juoksee sitten takaisin huoneeseensa. Vaimo on kuulemma töissä. Muistan että se on lastentarhanopettaja, tai jotain vastaavaa. Riisun kengät ja takin.

Kuljemme huoneesta toiseen ja Kari kertoo, mikä huone mikäkin on ja paljonko tällä alueella maksaa asua. Emme puhu sen isän kuolemasta vielä mitään.

Se hakee keittiöstä kahvikannun ja kupit ja istuttaa minut nojatuoliin vastapäätä sohvaa, johon istuu itse.

”No mukavaa kun tulit.”
  ”Oli kiva tulla, pitkästä aikaa. Otan osaa isästäs.”
  ”Joo kiitos kiitos. Olihan se rankka tauti, hyvä että pääsi rauhaan.”
  ”Niin joo. Mutta ikävää.”

Sitten tulee hiljaista, hämmennellään kahvikuppeja. Lastenhuoneesta kuuluu kun poika laulaa Macarenaa väärillä sanoilla. Kari kuuntelee, naurahtaa tälle ja minä myös. Sitten se sanoo:

"En ollut isän kanssa tekemisissä. Olin vihainen sille kun se ei hoitanut välejään kuntoon Miran kanssa, ja sitten Mira sai sen aivoverenvuodon. Mira oli ollut jo viisi vuotta kuivilla, mutta ne ei puhuneet toisilleen vieläkään. Se oli sairaalassa pitkän aikaa, ja kyllä isä silloin kävi sitä kattomassa päivittäin. Mutta ei Miraan saanut mitään kontaktia enää. Ja sitten se irrotettiin koneista. Joten mä katkaisin välit enkä puhunut isälle enää. Typerää, kumpikin juttu", Kari hymähtää.

***

Istun siinä ja kuuntelen. Tulee taas hiljaista. Tuntuu että Kari haluaa puhua lisää ja että minun ei pidä sanoa mitään juuri nyt. Yritän muistella miltä Mira näytti, mutta se oli Karia viisi ja minua kolme vuotta nuorempi, enkä oikein koskaan tutustunut siihen.

Kari kaataa meille lisää kahvia. Sitten se nojaa taaksepäin ja jatkaa puhumista. Se palaa äitiinsä ja siihen, kuinka isä hoiti heitä kun äiti sairasti, ja kasvatti heitä äidin kuoleman jälkeen, yksinhuoltajana. "Se ois tarvinnu apua siinä", Kari sanoo. Välillä se hyppää siskoonsa ja sen ongelmiin, ja sieltä taas isään, joka viime vuosina ennen sairastumistaan oli yksinäinen ja erakoitunut.

Kahvi loppuu taas, mutta tällä kertaa Kari ei huomaa sitä, enkä halua liikahtaa. Pidän käsiä sylissäni ja jalkoja rahilla, istun ja kuuntelen.

Äkkiä muistan kuinka olin Karin kanssa koulun jälkeen kerrostalon takaisilla kallioilla leikkimässä kirkonrottaa. En ole muistanut sitä vuosiin, sen täytyi olla ekalla tai tokalla luokalla. Kompastuin juostessani ja polveni osui isoon lasinsiruun, joka leikkasi siitä leveän palan ihoa. Tuli paljon verta ja Kari auttoi minut kotiinsa. Oltiin kummatkin säikähtäneitä.

Kotona oli vain Karin isä, äiti taisi jo silloin olla sairaalassa vähän väliä. Muistan kuinka se nosti minut syliinsä – isokokoinen mies niin kuin Karikin nykyään, ja heijasi ja lohdutti minua siinä. Se pani haavaan jotain jauhoa, leikkasi siihen ison laastarin ja sitoi sen vielä siteellä. Muistan yhtäkkiä sen isot, känsäiset kourat ja leveän hymyn. Sitten se nosti minut eteensä seisomaan, pyyhki kyyneleeni, nipisti minua poskista ja tokaisi: "No niin, hyvä tuli! Lippu korkealle ja tanko kanssa!"

***

Vartin tai puolen tunnin päästä Karin poika tulee huoneeseen ja pyytää vaihtamaan uuden lastenohjelman. Kari pyyhkäisee nopeasti silmäkulmaansa ja nousee. Samaan aikaan ulko-ovelta kuuluu avainten rapinaa. Sieltä tulee Karin vaimo. Ne oli yhdessä jo lukion loppuaikoina ja muistan tytön hämärästi siltä ajalta, vaikka en varmaan koskaan ole puhunut sen kanssa. Vaimo hymyilee kun näkee minut, ja kun nousen ja ojennan sille käteni, se halaa minua.

Me istutaan vielä vähän aikaa ja jutellaan kolmestaan, mutta nyt enemmän niitä näitä. Kari on käynyt sohvalle vaimonsa viereen ja pitää kättä sen polvella. Ne näyttää ihan onnellisilta.

Olohuoneen seinällä on taulu jossa lukee HOME SWEET HOME.

Kieltäydyn seuraavasta santsikupista ja alan tehdä lähtöä. Kari saattaa minut verannalle. Vilkaisen taas lippua, mutta en sano siitä mitään. Me katsellaan toisiamme vähän aikaa, vaivaantuneesti mutta hymyillen, ja halataan, pidempään kuin aiemmin. Tällä kertaa Kari ei läimäytä minua selkään.

***

Kun parkkeeraan vanhempieni kotitalon eteen, jään autoon istumaan ja kuuntelen kun moottori hitaasti naksahdellen jäähtyy. Katselen ulos ja näen tuulilasista vanhan, verkkaritakkiin pukeutuneen ja koiraa taluttavan naisen joka kääntyy kulman takaa kadun toisessa päässä ja kävelee hitaasti minua kohti. Kuluu hetki ennen kuin tajuan että se on meidän äiti. Isän kuolemasta on kohta vuosi.

En usko että me nähdään Karin kanssa enää vastaisuudessakaan kovin usein – ehkä koskaan. Meidän elämät on nykyään aika erilaisia.

Mutta vilkaisen vieressäni olevaa tyhjää istuinta, ja hetken tuntuu kuin Kari istuisi siinä. Muistan kun itse istuin siinä, pelkääjän paikalla, ja se kertoi typerän vitsin, räkätti päälle ja painoi kaasua. Se oli juuri saanut kortin, käynyt hakemassa minut kotoa ja oltiin matkalla hiekkakuopalle, missä se salaa opetti minua ajamaan. Istun siinä vielä vähän aikaa ja kuuntelen moottorin jäähtymistä ja kaikkia muitakin ääniä jotka ovat hetken, ja sitten eivät enää ole.

ILMAPALLO

"Aloitetaan siitä kun kävelet sisään ja menet niitten basilikoiden luokse", kuvaaja sanoo. He ovat palanneet kahvitauolta ja haluavat aloittaa kuvaamisen taas sellaisesta kohdasta, jossa kävelen johonkin huoneeseen sisään. Muuta käsikirjoitusta ei ole.

Korjaan tukkaani, kävelen takaisin eteiseen ja vedän henkeä. Vilkaisen peiliin ja imen poskiani sisään. Tuottajanainen vinkkaa silmää ja hymyilee minulle. Hän on mukava. Yrttiruukut näyttävät nuutuneilta auringonpaisteessa ja keittiön ikkuna pitäisi pestä. Pyyhin käteni esiliinaan.

He ovat käyneet täällä toukokuun alusta lähtien. Elina, uusi nuori naapurini, oli kertonut minusta firmalleen. Hän on töissä jonkinlaisessa filmiyhtiössä. Hän sanoi, että sopisin hyvin heidän uuteen ohjelmaansa ja kysyi, kiinnostaisiko minua olla siinä yhtenä päähenkilönä. Dokumentti, jossa seurataan minua ja yhdeksää muuta eri ikäistä, yksin elävää suomalaista. "Ihan tavallisia ihmisiä, se on se juju", Elina sanoi kun ihmettelin, mikä elämässäni on seuraamisen arvoista.

***

Tänään he saapuivat aamupäivällä. He ovat jo kuvanneet kun imuroin ja tamppasin maton ja kun tein ison satsin perunasalaattia taloyhtiön elonkorjuujuhliin. Nyt siivoilen yrttiruukkujani ja huomaan unohtuneeni ajatuksiini. Usein paikalla on vain minä ja kuvaaja, ja silloin saatan unohtaa kokonaan, etten ole yksin.

Katson olohuoneen ikkunasta pihalle. Kasvatin Teron täällä ja tunnen melkein kaikki naapurit, edelleen. Takapihan männyt ovat nykyään paljon korkeammat kuin talo. 90-luvulla seurasimme Teron kanssa tästä ikkunasta, kun puiden latvat kasvoivat ensin tämän ylimmän kerroksen korkeudelle ja sitten tästä ohi.

Olen pyöräillyt tai uinut joka päivä koko kesän ajan. Viime viikolla olin mukana kirjaston virkistyspäivällä. Oli mukavaa nähdä vanhoja työkavereita. Toni tuli kovassa humalassa sanomaan, että heillä on ollut ikävä ja että he puhuvat minusta usein töissä. Kun väsähdin ja päätin lähteä kotiin, Lidia tuli ja halasi minua pitkään. Hän katsoi minua silmiin, piti kasvojani käsissään vähän aikaa ja halasi uudestaan. "Nähdään taas, Helena", hän kuiskasi.

Tero on yhtyeensä kanssa keikalla nuorisotalolla ja tulee yöksi kotiin. En ole nähnyt häntä melkein koko kesänä – hän asuu nykyään Tampereella, laulaa ja rämpyttää bändissä ja tekee hanttihommia. Hän ärsyyntyi aamulla kun utelin, aikoisiko hän käydä jonkun koulun joskus, ja voiko musiikkihommaan luottaa, tuleeko siitä mitään. Mutta hyvä poika hän on, enkä oikeastaan ole huolissani. Tiedän että hän tulee pärjäämään, kunhan olisi varovainen ja pysyisi terveenä.

***

Kuvaaja lähti iltapäivällä kahden maissa, samoihin aikoihin kun olin saanut perunasalaatin valmiiksi ja jääkaappiin. Sen jälkeen päätin mennä päiväunille. Nykyään väsyttää enemmän, se on ainoa muutos.

Joku heitteli astioita unessani ja koira haukkui. Sitten havahduin hitaasti ja tajusin, että äänet tulevat alhaalta takapihalta. Kello oli jo melkein viisi, järjestelyt olivat alkaneet. Olin yltä päältä hiessä ja menin suihkuun. Kesä tuli tänä vuonna myöhään ja on ollut hellettä melkein koko elokuun. Illat ovat tosin jo aika viileitä.

Takapihalle on katettu pitkä pöytä ja syreeneihin ja koivuihin on ripustettu erivärisiä paperilyhtyjä. Lapsille jaetaan ilmapalloja. Irma Nordlund, taloyhtiön hallituksen puheenjohtaja, määräilee ihmisiä kuten tavallista, tervehtii ja ottaa sylistäni perunasalaattikulhot. Pöytään on katettu nakkeja, porkkanoita, perunoita, juustoja, limppuja, marjoja ja mehua lapsille. Viereisellä pöydällä on lavakaupalla virolaista kaljaa, siideriä ja viinitonkkia. Humppinen ja Henrik Nordlund, jotka katseistaan päätellen ovat aloittaneet juhlimisen jo aamulla, seisoskelevat pöydän ympärillä – ilmeisesti jonkinlaisina baarimikkoina. Kummallakin on kalja kädessä ja he muistelevat naureskellen Tallinnan-reissuaan, jolloin juomat haettiin.

Torsti Edenhed, talon vanhin asukas, avaa A-rapun oven ja köpöttää hitaasti nurmikkoa pitkin keppiinsä nojaillen. Hän on pukeutunut tyylikkääseen vaaleaan pellavapukuun ja lierihattuun. Torsti on 89-vuotias ja asunut talossa sen rakennusvuodesta lähtien. Kemppisen lapsiperheen äiti komentaa tytöistä vanhempaa kantamaan vanhukselle puutarhatuolin. Torsti pörröttää tytön hiuksia ja hymyilee, nostaa hattuaan kaikille ja käy istumaan. Hän kieltäytyy kohteliaasti oluesta, jota Humppinen tarjoaa hänelle. Kemppisen tyttö tuo hänelle sen sijaan mehulasin. Seuraavaksi pihalle tulee Elina. Hän vilkuttaa minulle jo kaukaa, kiiruhtaa luokseni ja alkaa kysellä kuvauspäivästä.

***

Tero palaa keikaltaan kymmenen jälkeen ja tervehtii kaikkia iloisesti. "Äiti, haluutko jotain?" Tero kysyy halattuaan minua. Pudistan päätäni, mutta hän tuo silti siiderin ja käy istumaan Elinan ja minun viereen. Elina alkaa kysellä hänen bändistään, jonka muistaa opiskeluajoiltaan Tampereella, ja Tero vastailee hänelle ujostellen mutta hymyillen. Hän istuu vähän kumarassa ja äkkiä mieleeni välähtää että hänen isänsä istui usein samassa asennossa – kyynärpäät polvilla ja nyrkit poskia vasten. Välillä hän hörppää pullostaan. Hän näyttää onnelliselta.

Juttelen pitkään Kemppisen perheen äidin kanssa, kunnes yhdentoista maissa hän lyö kätensä polviinsa ja päättää, että heidän on aika mennä nukkumaan. Kun he ovat lähdössä, ilmapallo karkaa nuorimman pojan kädestä ja alkaa leijua kohti taivasta. Poika puhkeaa lohduttomaan itkuun ja isä nostaa hänet syliinsä.

Näen isän silmistä että hän on jo humalassa, kun hän heijaa ja pussaa poikaansa. "Älä itke kulta, älä itke", hän supattaa. En ole varma, olenko koskaan ennen kuullut isän edes puhuvan.

Humppinen tuo pojalle uuden pallon ja isä kiittelee vuolaasti. Poika tyyntyy ja perhe toivottaa meille hyvää yötä.

Kun vilkaisen ylös, huomaan, että ilmapallo on jäänyt kiinni katonrajaan. Käy viileä tuulenvire, vavahdan kylmästä. Pallo alkaa liikkua tuulen mukana ja pääsee räystään alta pakoon. Seuraan sen nousua. Se pienenee ja pienenee, ja lopulta se on poissa.

***

On jo aika pimeää, kun Taisto Holmberg, yläasteen musiikinopettaja, hakee kitaran ja pyytää Teroa soittamaan. Hän kieltäytyy ensin, mutta soittaa sitten kappaleen "Viidestoista yö". Kertosäkeessä kaikki yhtyvät lauluun. Tero laulaa hyvin – lauluäänenkin hän peri isältään. Laulun loputtua väki taputtaa ja Tero ojentaa kitaran takaisin Holmbergille, joka esittää kankeasti näppäillen "Höstvisan". Kaikki hiljenevät.

Katselen näitä ihmisiä ja lopuksi Teroa, joka kuuntelee keskittyneenä, silmät kiinni. Minäkin suljen silmäni. En kerro koepalasta ja diagnoosista Terolle vielä. En tänä iltana. Vielä on aikaa, ja ainahan kaikki on mahdollista. Avaan silmäni vasta kun laulu on loppu, ja silloin näen, että Terokin on vähän humalassa. Hän riisuu takkinsa ja laittaa sen hartioilleni.

"Olen suomalainen" alkaa soimaan. Puheensorina yltyy taas ja jotkut tapailevat laulun sanoja. Viimeisiä grillattuja nakkeja ja porkkanoita jaetaan isoilta tarjottimilta. Tero kysyy jotain, mutta en saa selvää ja pudistan päätäni. Sitten hän sulkee taas silmänsä ja laulaa mukana. Minä teen samoin, ja silloin muistan.

Olen Teneriffalla hotellin rantaravintolassa uutenavuotena 1993. Tämä kappale soi ja ihmiset laulavat kovaäänisesti. Italialaisen trubaduurimiehen korkeaan ääneen sekoittuu suomalaisen turistiryhmän haparoiva suomenkielinen laulu. Tero istuu sylissäni, hän on juuri täyttänyt neljä. Olemme lentämässä seuraavana aamuna kotiin.

Avaan silmäni ja katson poikaani, aikuista miestä. Joka paikkaan särkee, nojaan syvemmälle tuoliin. Koko seurue yhtyy humaltuneeseen kertosäkeeseen ja Nordlund hakee vaimoaan tanssimaan. Irma estelee miestään ensin, mutta purskahtaa vähän ajan päästä nauruun, ja pian he nojailevat toisiinsa nurmikolla. Tero ja Elina tanssivat myös. Kun kappale on loppu, ymmärrämme että juhlat ovat ohi. Tero tulee luokseni. Hän hymyilee, ojentaa kätensä ja nostaa minut ylös.

PÄTKII

Olen Riiassa Latviassa pienessä hotellihuoneessa. Työreis-
sulla. On ilta ja soitan Jennille. Se ei vastaa. Koetan soittaa
toisen ja kolmannenkin kerran. Ahdistaa vähän – huone on
tosi pieni. Yritän lähteä ulos lenkille, mutten saa lähdettyä.

Vähän ennen puoltayötä puhelin soi. "Sori mul oli äänettö-
mänä. Katoin vasta nyt ja näin että olit soittanut", se sanoo.
Kuulen että Jenni kävelee jossain ulkona. Se kuulostaa hen-
gästyneeltä. Se pitää pienen tauon ja jatkaa. "Mä olin tossa
Villen luona. Katottiin yks komedia. Mulla oli puhelin käsi-
laukussa. Ni mä en kuullut."

Istun sängyn laidalla ja kaivan sukkaan tarttunutta teipinpa-
laa. Okei, sanon. Jenni on tavannut tämän Villen pari kuu-
kautta sitten jossain bileissä. Se Ville oli kuulemma tullut
juttelemaan sille – se oli avannut pelin lässyttämällä miten
kaunis ja paksu tukka Jennillä on! "Se oli aluksi kiinnostunut,
mut mä oon tehny sille selväksi että mä oon sun kaa", Jenni
sanoi jälkikäteen mulle.

Se on kuitenkin tavannut Villeä muutaman kerran sen jäl-
keen. Se kertoi ekasta tapaamisesta etukäteen. Että se menee

sen tyypin kanssa käymään kahvilla. Vai kahvilla, mä mietin. Mutta se tapasi sen toisen ja kolmannenkin kerran kertomatta mulle ennen kuin myöhemmin jossain sivulauseessa. Sen miehen kotona! Ja tämä oli nyt neljäs kerta. Mutta se sanoo ettei ole syytä huoleen.

"Voi vittu, vika metro on mennyt", Jenni sanoo. "Miten mulla siellä noin kauan meni?" se lisää. "Me riideltiin yhdestä jutusta lopuksi ni siinä vähän kesti." Yritän kuvitella miltä Ville näyttää vihaisena. Tai ylipäätään. Mutta en mä tiedä. Äkkiä tuntuu siltä että aavistin koko illan että Jenni on jossain.

***

Mun työkaveri Heli veti mut tänään sivuun illallisella latvialaisten tapaamisen jälkeen. Se oli juonut aika paljon viiniä ja lisäksi latvialaiset täytti shottilasia votkalla koko ajan. Mä olin fiksu ja käänsin lasin ylösalaisin ekan votkan jälkeen. Se veti mua lähemmäs ja kuiskasi: "Mulla on yks tyyppi. Siis mies. Olin sen kanssa viime viikonlopun, kun Santtu oli reissussa." Sitten se katsoi mua kysyvästi, toivoi kai että sanoisin jotain.

Mä tunnen sekä Santun että Helin. Ne oli meillä viime syksynä syömässäkin. Niilläkään ei ole lapsia. Vielä. Jenni laittoi pihvit. Pihvien jälkeen mä hain keittiöstä viskipullon ja kaadoin Santulle. En ollut tavannut sitä ennen. Naiset meni sohvalle istumaan.

Me puhuttiin viskeistä Santun kanssa, sekoitusten ja single maltien eroista. Kun se aihe oli käyty läpi, Santtu kysyi saako parvekkeella polttaa. Parvekkeella kaadoin sille toisen lasin.

Santtu katseli takapihan vaahteran ohi jonnekin kauas – oli elokuun loppu ja aika hämärää jo – ja sanoi että siitä oli tasan vuosi kun niiden kissa kuoli. "Meidän Sepi", se sanoi. Santtu katsoi pois ja vähän aikaa pelkäsin että se käy itkemään tai jotain. Niin että voin sanoa että tunnen sekä Helin että Santun.

Olen juuri sanomassa Jennille Helistä ja sen salasuhteesta jotain, mutta sitten en sanokaan. "Oot sä siellä", Jenni kysyy. "Kuuluu vähän huonosti, tää vissiin pätkii vähän." Joo, vastaan. Ootko sä?

Pari tuntia aiemmin avasin koneen, menin hotellin nettiin ja runkkasin. Se auttaa joskus saamaan unta, mutta tänään jäin vain sänkyyn ja kääntyilin siinä. Välillä vilkaisin puhelinta. Olisi pitänyt jäädä muiden kanssa kaupungille ryyppäämään.

"Miten sulla meni päivä siellä", Jenni kysyy. Ihan hyvin, vastaan. Ihan OK. "Mun akku loppuu kohta", Jenni sanoo. "Mä kävelen nyt kotiin tästä sillan yli kun unohdin lompakon ja matkalipun, hyvää yötä niin soitellaan huomenna", se sanoo. Soita mulle ku oot kotona, sanon. Tai laita viesti. "Hyvää yötä", Jenni vastaa.

***

Panen puhelimen pois ja katson ikkunasta. Daugava-joen sillalla kävelee joku yksinäinen tyyppi. En räntäsateelta näe onko se nainen vai mies. Se kävelee kauemmas ja kauemmas kunnes en enää näe sitä. Kello on vähän yli puolenyön, keskiviikkoaamu.

Yritän kuvitella että Jenni katoaisi. Ja sitten, jostain syystä, että se olisi siinä pornoklipissä jota aiemmin katsoin netistä. Mutta se ei toimi. Menen vessaan ja pesen hampaat.

Kun olen maannut sängyssä taas vartin, puhelin soi. Se on Jenni. "Mä oon kotona nyt. Kuule, mä en haluu että meidän lapsista tulee sitten tollasia inttäjiä ku Ville", se sanoo. En mäkään, sanon. "Herätinks mä?", se kysyy. Täällä ollaan, vastaan.

***

Seuraavana iltana, viimeisen palaverin jälkeen, istun Riian lentokentällä kahvilassa. Tomi haisee vanhalle viinalle, naama punoittaa ja ääni on käheä. Mutta se on myyntimies henkeen ja vereen ja hoiti homman, kaupat on nyt käytännössä tehty. Heli juo teetä eikä oikein puhu mitään. Se väistelee mun katsetta – ihan niin kuin se ei olisi eilen sanonut mitään siitä miehestä!

Kahvilaan tulee seitsemänkymppinen pariskunta. Nainen on pyörätuolissa, ne puhuu suomea ja on ilmeisesti menossa samalla lennolla. Mies parkkeeraa naisen pöydän ääreen ja menee tiskille. Kun se tuo naiselle salaatin, nainen alkaa huutaa. "Tässähän on makaronia", se tiuskii, "- en mie tätä halunnu!" Se korottaa ääntään niin että muutkin kääntyy katsomaan. Mies, joka on itsekin laiha ja hauraan näköinen, kyyristyy entistä pienemmäksi ja kipittää puolijuoksua salaatin kanssa takaisin kassalle. Se selittää naama punaisena kassatytölle jotain huonolla englannilla. Mua hävettää sen puolesta. Mutta tyttö katselee sitä ja hymyilee, ottaa salaatin ja vaihtaa sen johonkin toiseen. Uusi salaatti vaikuttaa kelpaavan.

Puolen tunnin päästä näytöille on Helsingin lennon kohdalle ilmestynyt GO TO GATE, ja nousemme pöydästä. Tomi on ehtinyt juoda kaksi tuoppia. Vien tarjottimeni telineeseen. Kun käännyn, Tomi on mennyt vanhan pariskunnan luokse ja kyselee tarvitsevatko he apua. Pyörätuolinainen huokailee ja ähkii ja hänen miehensä on kumartunut tuolin viereen; vaikuttaa siltä että tuolin jarrut ovat jotenkin jumissa. Tomi kumartuu miehen viereen ja saa vähän ajan päästä ongelman ratkaistua. Mies kiittelee Tomia vuolaasti ja on rupeamassa työntämään tuolia lähtöportille, mutta silloin Tomi, joka on vanhusta melkein puoli metriä pidempi, tarttuu sitä rehvakkaasti olkapäästä, sanoo "anna mä jeesaan" ja alkaa työntää naista. Nainen ei sano mitään. Kun olen menossa vessaan, näen kuinka kolmikko kulkee porttia kohti, vanha mies vaimonsa ja Tomin perässä.

Kun olemme siirtobussissa, jolla mennään terminaalista lentokoneeseen, näen taas sen vanhan pariskunnan. Kaikki muut matkustajat on bussissa, mutta kun saavutaan koneelle, näen kuinka sitä mummoa nostetaan jonkinlaisessa nosturissa lentokoneen viereen ja takaovesta sisään. Kuuluu kova PIIP PIIP PIIP, kun ne hitaasti nousee. Mies seisoo vieressä siinä hississä ja pitää naista olkapäästä. Ukon harvat hiukset hulmuaa tuulessa, mummolla on punainen baskeri.

Bussi on jo koneen vieressä mutta jostain syystä meitä ei vielä päästetä ulos. Joten kaikki tuijottaa pyörätuolinaista ja sitä toimenpidettä. Vähän ennen kuin ne on koneen takaovella, jossa nosturihenkilökunta alkaa hirveällä vaivalla ja kolinalla asentamaan ramppeja niiden eteen, nainen painaa päänsä kämmeniinsä. En erota itkeekö se, mutta se pitää käsiä kasvoillaan koko loppuajan. Käännyn pois, en kehtaa katsoa. Nosturi pysähtyy hitaasti. Mies kiittelee henkilökuntaa ja työntelee naisen sisään. Sen jälkeen me päästään ulos bussista ja noustaan koneeseen.

***

Tämä tapahtui viime helmikuussa. Heinäkuussa Jennille tuli ensimmäiset oireet. Sillä oli pitkään flunssa, hengitysvaikeuksia ja pahoja yskäkohtauksia – sillä on astma ja se ajatteli että se oli sitä. Mutta se makasi monta päivää sängyssä ja vaikeroi, ei ne kohtaukset ennen olleet niin pitkiä. Tein sille yhtenä sunnuntai-iltana ison satsin makaronilaatikkoa jääkaappiin.

Meillä oli elokuun puolessavälissä töissä kesänpäättäjäisbileet. Yritin soittaa Jennille baarin vessasta mutta se ei vastannut. Hain kaljan ja viskin ja menin takaisin pöytään. Lindgren oli jo lähtenyt kotiin, Tomi istui Helin vieressä ja näin kuinka Heli työnteli sen kättä pois olkapäältään vähän väliä.

Kun Tomi meni vessaan, sanoin Helille että Jenni on kipeänä ja mitä niille Santun kanssa kuuluu. Yritin ruveta puhumaan taas – se ei enää jutellut mun kanssa samalla tavalla kuin ennen sitä Latvian-matkaa. Mutta Heli ei sanonut oikein mitään, ja sitten Tomi tuli vessasta ja jatkoi jotain vitsiä joka oli jäänyt kesken.

Jennin tauti vain jatkui ja paheni eikä sen lääkkeistä tai antibioottikuureista ollut mitään apua. Pari viikkoa niiden juhlien jälkeen vein sen taas päivystykseen, jossa tehtiin lisää testejä. Sieltä se otettiin saman tien osastolle. Varmaan tiedättekin mitä sanon seuraavaksi.

Jenni itki ja itki ja pidin sitä sylissä. Muistan miten katselin ulos, silitin Jenniä ja takapihan vaahtera muuttui ensin keltaiseksi, sitten lehdet tippuivat ja lopuksi jäljellä oli pelkkä runko. Siitä Villestä ei kuulunut enää paljoakaan viime talven jälkeen. Kävin keväällä salaa Jennin puhelimella katsomassa mitä ne oli puuhanneet. Mutta se vaikutti ihan viattomalta.

***

Jennillä ei ole enää tukkaa. Nyt on alettu puhumaan saattohoidosta ja muusta sellaisesta.

Jenni saa vielä olla kotona ja jäin tänä aamuna makaamaan sänkyyn sen viereen. Se otti liinan pois päästä ja halasi mua yhtäkkiä tosi lujaa. Se on laihtunut paljon, mutta se rutisti niin kovaa että oli vaikea hengittää. Muistin yhtäkkiä jonkun leffan, jossa vanha pariskunta makaa sängyssä sylikkäin, ja toinen on tosi sairas. En muistanut sen leffan nimeä vaikka mietin sitä pitkään siinä.

"Juodaanko aamukahvit", Jenni kysyi kun se havahtui. Se katsoi mua silmiin, hymyili ja painoi poskensa mun poskea vasten. Tunsin senkin kohdan missä Jennillä ennen oli pitkää ja paksua vaaleaa tukkaa. Sitten se nukahti taas.

Nousin ihan hiljaa sängystä, peittelin Jennin ja hiippailin keittiöön. Maito oli loppu. Vedin takin päälleni ja painoin ulko-oven varovasti perässäni kiinni.

***

Nyt seison lähikaupan vihannesosastolla mutta en tiedä missä olen. Puhelin on liian kovalla, säikähdän kun se soi, poimin sen taskusta ja näen että Jenni soittaa. Tuijotan puhelinta kädessäni. Lopulta se lakkaa soimasta.

50

AMATÖÖRIT

Yleisö päästetään alueelle kaksikymmentä minuuttia ennen esityksen alkua. Tämä on kahdestoista veto, on elokuun kuudes ja kaunis lauantain alkuilta. Ei enää niin helteinen ilma kuin päivällä oli. Valo on jo pehmeämpi kuin ensi-iltana juhannuksen jälkeisellä viikolla. Näytelmä perustuu Dostojevskin Rikokseen ja rangaistukseen. Näyttelen ruumista ja puuta.En ole tehnyt mitään tällaista koskaan ennen. Tomppa, työkaveri satamasta, pyysi minua tähän teatterihommaan mukaan tammikuussa, kun olimme kummatkin juuri syksyllä eronneet. En aluksi suostunut, mutta kun Stinan lähdöstä oli jo kulunut kuukausia, tajusin että minun on pakko keksiä illoiksi muutakin kuin telkkarin tuijottamista sohvalla ja Sissen ulkoiluttamista. Joten luin kirjan ja lupasin tulla mukaan. Kirja oli kyllä aika pitkäveteinen, enkä millään saanut pitkiä venäläisiä nimiä taottua päähäni, koko ajan piti tarkistaa. Näytelmäversio on onneksi paljon lyhyempi.

***

Tomppa näyttelee Raskolnikovia, nuorta murhamiestä. Hän on ollut mukana teatterin toiminnassa jo melkein kymmenen vuotta. Aluksi järjestäjänä, kahvinkeittäjänä ja kuorossa, myöhemmin pikkurooleissa ja nyt siis pääroolissa. Hän on ehkä vähän liian vanha mutta muuten aika hyvä. Tosin hän tuli talvella pari kertaa lukuharjoituksiin hirveässä kännissä, minkä jälkeen ohjaaja Laura piti hänelle kahdenkeskisen puhuttelun.

Sen jälkeen kaikki on mennyt hyvin.

Nyt Tomppa verryttelee, kulkee levottomana, istuu välillä ja pomppaa taas seisomaan, hengittää syvään sisään ja ulos. Välillä hän sulkee silmänsä ja hymisee hiljaa. Autoreissulla ennen kenraaliharjoitusta hän kertoi että aikoo olla koko kesän tipattomalla. Hän on vieläkin krapulaisen näköinen usein, mutta hän sanoo sen johtuvan siitä ettei oikein saa nukuttua.

Pitkin kevättä hän soitti minulle välillä iltaisin ja kysyi, haluaisinko lähteä ajelulle. Joten ajelimme ympäri kyliä, tunnin tai pari. Muutamaan otteeseen käytiin hakemassa makkaraperunat ja kokikset grilliltä ja pysäköitiin aallonmurtajalle. Istuttiin autossa ja katseltiin merta.

Pääsiäisviikonloppuna, kun istuskeltiin autossa, Tomppa kertoi minulle mitä hän oli tehnyt syksyllä pari viikkoa sen jälkeen kun hänen vaimonsa oli lähtenyt.

Hän oli herännyt aamuyöllä, tai nukkunut huonosti siihenkin asti. Hän veti verkkarit jalkaan, meni takapihalle ja käveli sieltä metsän läpi joenrantaan. Oli se hetki ennen auringonnousua jolloin luonto hiljenee täysin. Hän seisoi penkereellä ja kuunteli hiljaisuutta.

Sitten hän oli astunut mielijohteesta veteen. Lenkkarit jalassa, vaatteet päällä.

Hän oli ottanut toisenkin askeleen, ja oli kohta vyötäröä myöten vedessä. Tomppa oli tuntenut virtauksen, se huljutti verkkarihousujen lahkeita ja veti häntä mukaansa. Hän oli ottanut vielä kaksi askelta ja olikin sitten jo kaulaa myöten vedessä. Se ei tuntunut hänestä kylmältä, vaikka oli syyskuun loppu.

Hän sulki silmät ja painui veden alle, antoi virran viedä. "Annoin viedä koko paskan", Tomppa sanoi. Mutta sitten hänen päänsä oli kolahtanut isoon kiveen, hän oli havahtunut ja kahlannut takaisin rantaan.

Tomppa ei katsonut minuun kertoessaan tätä. Enkä minäkään häneen. Kun hän oli päässyt jutun loppuun, istuin hiljaa enkä osannut sanoa mitään. Katselimme tuulilasin läpi vaahtopäitä – oli tuulinen päivä. Yritin miettiä miltä Tompasta oli tuntunut kun vesi ympäröi hänet valtavana massana ja vei hänet mukanaan. Saatoin kuvitella sen vapauden.

***

Samassa kerroksessa asuva naapurini Sirkku on myöskin mukana teatterissa, muonittajana ja järjestäjänä. Se on lihava mutta ihan ystävällinen ja puhelias, vähän minua nuorempi, alle kolmekymppinen. Tulin sen kyydillä kotiin pari kertaa keväällä.

Se jutteli ajomatkalla ensin niitä näitä ja sitten, kun olimme melkein perillä, se kysyi mitä Stinalle kuuluu. En vastannut mitään. Se kysyi että ettekös te ole olleet jo pitkään yhdessä, lukiosta asti. Ja lisäsi että ihminen ehtii siinä ajassa muuttua ihan toiseksi. Katselin ulos ja toivoin että oltaisiin jo perillä. Sitten se kertoi omasta lukioaikaisesta poikakaveristaan jonka kanssa ne saivat lapsen. Nykyään Sirkku on yksinhuoltaja. Tiedän sen pojan, kimeä-ääninen ala-asteikäinen kusipää joka pitää kovaa mekkalaa rapussa.

Lopun aikaa olimme hiljaa, ehkä Sirkku huomasi pitävänsä monologia. Kiitin kyydistä talon edessä enkä jäänyt odottamaan että se saa auton parkkiin.

***

Yksien lukuharjoitusten kahvitauolla kuulin kun Sirkku supatti Kaisalle että Pauliina on "vakavasti sairas."

Pauliina on eläkeläinen ja kuulemma ollut mukana toiminnassa jo kolmekymmentä vuotta. Herttaisen oloinen pieni, laiha nainen. Tai mummo, voisi kai sanoa. Tai en tiedä onko hänellä lapsenlapsia.

Pauliina näyttelee koronkiskuria jonka Raskolnikov murhaa ja on siksi lavalla vain alussa. Ehkä se on näiden tietojen, tai huhujen, valossa sopiva rooli hänelle. Tai no, tavallaan sopimaton, jos hän kerran on vakavasti sairas. Mutta sopivan pituinen, sanotaan vaikka niin.

Väliajalla Pauliina on mukana kahvitarjoilusta vastaavassa porukassa. Minunkin piti alun perin olla siinä, mutta minut siirrettiin puuksi ja ruumiiksi jo lukuharjoitusten aikana, sen jälkeen kun unohdin kaksi pellillistä korvapuusteja uuniin.

Oli hyvä että siirrettiin – Stina aina vitsailee että saatan polttaa salaatinkin pohjaan, ja se on kyllä totta.

Kyllä Stina varmaan palaa vielä takaisin. Tiedän etten ole ainakaan vielä sisäistänyt että Stina asuu nyt toisessa kaupungissa toisen miehen kanssa. Hän ilmoitti minulle näin kuudes helmikuuta, päivälleen puoli vuotta sitten. Joka tapauksessa aion ajatella että hän palaa vielä, ainakin tämän kesän ajattelen niin.

En ole soitellut hänelle, en halua jutella tai tietää mitä hänelle kuuluu. Vapaina iltoina juttelen Sisselle samoja juttuja mitä juttelin ennen Stinalle. Miten päivä meni ja sellaista.

Joten tänä kesänä en halua ajatella että Stina ei palaisi. Haluan olla täällä joenrannan hienolla ulkoilmalavalla ja tässä teatteriporukassa, olla ruumis ja puu.

***

Seison puuna lavan vasemmassa etunurkassa näytelmän parhaassa kohdassa. Olen ehkä kuusi tai mänty. Laura halusi tehdä unenomaisen, Lauran sanoin "impressionistisen" tulkinnan siitä kohtauksesta.

Raskolnikovin päässä riehuu siinä kuumehoureet ja syyllisyyden demonit. Tutkintotuomari Petrovits, joka vaistoaa jo varhain että Raskolnikov on syyllinen, yrittää maanitella tätä tunnustamaan. Olen pukeutunut valtavaan tummanvihreään mörkömäiseen asuun, joka on kursittu kokoon teatterin viime kesän näytelmän lohikäärmepuvusta. Huojun tuulessa. Altti, parikymppinen kyllästyneen näköinen jätkä satamasta, on toinen puu.

Näen paikaltani Tompan kasvot ja katson kun tutkinto-tuomari Petrovits sanoo hänelle: "Kyllä elämä heittää sinut rannalle."

Minusta se on koko esityksen paras kohta. Ja näen että niin on Tompastakin. Hänen silmissään on jotain kun hän katsoo Petrovitsia siinä kohdassa. Joku nälkä, tai hätä. Tomppa, tai siis Raskolnikov, näyttää siltä että yrittää kaikin voimin uskoa siihen mitä Anders, tai siis tutkintotuomari Petrovits, sanoo. Tomppa tarttuu joka sanaan kuin kerjäläinen seteliin.

Siinä kohdassa hän on minusta eniten Raskolnikov, mutta samalla myös Tomppa.

***

Esitys on ohi ja menemme kumartamaan. Tomppa tulee oikealle puolelleni ja Pauliina vasemmalle. Pauliina tarttuu minua kourasta niin lujaa että rystyseni naksuvat. Kumar-taessaan hän purskahtaa yhtäkkiä kikatukseen, niin kuin on-nellinen lapsi. Nauru tulee niin syvältä että se tarttuu meihin muihinkin, hekotamme ja vilkaisemme toisiamme ja kumar-ramme syvään ja otamme vastaan aplodit. Olen hikinen, ja minulla on lämmin ja raukea olo. Sydän hakkaa.

Kun nousemme takaisin pystyyn, näen että Pauliinan silmä-kulmassa kimaltaa. Hän ei naura enää mutta hymyilee leveästi ja tuijottaa yleisöä pitkään. Vilkutamme yleisölle – minusta on erityisen hauskaa, jotenkin näyttelijämäisen miehekästä vilkuttaa yleisölle ja juosta sitten puolijuoksua takaisin kulisseihin kuuntelemaan, jatkuvatko aplodit vielä. Olen aina halunnut tehdä niin.

Takahuoneessa Pauliina ja Tomppa halaavat. Joka puolella on iloinen puheensorina, ihmiset riisuvat hikisiä paitoja ja vaihtavat kuivia ylle. Tomppa kaivaa repustansa kolme tölkkiä olutta, ojentaa yhden Pauliinalle joka kikattaa taas ja toisen Sirkulle ja pitää kolmannen itse. He avaavat tölkit, kippistävät ja ottavat ison huikan. Tomppa huomaa minut ja vinkkaa silmää. Mutta silloin joku sanoo "sshhh!" ja hiljenemme.

Yleisö taputtaa yhä, ja pienen hapuilun jälkeen se rupeaa taputtamaan rytmissä. Tänä iltana, lauantaina 6. elokuuta 2016, aplodeista ei meinaa tulla loppua. Ne yltyvät taas. Kokoonnumme yhteen ja juoksemme hengästyneinä takaisin lavalle.

SIIVOUS

Kannoin olohuoneen painavan maton vaivalloisesti hissiin ja alakerrassa sieltä ulos. Hakkasin mattoa rottinkipiiskalla, välillä pidin taukoa. Oli toukokuun yhdeksäs, sunnuntai. Lopuksi kävin istumaan tamppaustelineelle. Pöly leijui viiltävän kirkkaassa valossa. Olin krapulassa, tai ehkä vielä humalassa, en ole varma. Sitten kokosin maton syliini ja raahasin sen takaisin ulko-ovelle, avasin oven vaivalloisesti ja nousin hissillä kerrokseen. Avasin oven niin hiljaa kuin pystyin, Hanna nukkui vielä.

Keittiönpöytä oli täynnä pulloja. Kaivoin roskakaapista pussin ja aloin keräilemään niitä. Edellisenä iltana oli vieraita. Oli Fredrik ja Katri, jotka ovat pariskunta, sekä Erkko ja Sara, joista Erkko haluaisi olla pariskunta. Katri tuli keskiyön maissa perääni keittiöön kun menin hakemaan pullonavaajaa. Kun kumarruin kaivamaan laatikkoa, hän kumartui myös ja suuteli minua poskelle. Kavahdin ja hyppäsin pystyyn. Katri otti minua hellästi niskasta – muistin äkkiä miltä se tuntui kun olin hänen kanssaan – ja kuiskasi: "Mä oon raskaana." Hän veti kätensä pois, laittoi ne puuskaan ja katsoi minua odottavasti. Katselin häntä vähän aikaa ja sitten halasin. "Hieno homma", sanoin kun olin lopettanut halaamisen.

***

Hanna heräsi ja kuulin hänen askeleensa kun hän käveli makuuhuoneesta keittiöön. "Huomenta", hän sanoi ja suuteli poskelle. Hän kaivoi tiskikaapista viimeisen puhtaan lasin, piti sitä hanan alla ja joi. Keräsin loputkin pullot ja lähdin kauppaan.

Kun palasin, Hanna oli imuroimassa. Hän oli siivonnut likaiset astiat tiskikoneeseen ja pyyhkinyt kaikilta tasoilta pölyt. Olin ostanut pullorahoilla mäntysuopaa, käsisaippuaa, pattereita kaukosäätimeen, tomaattimehua ja purkkaa. Kun täytin ämpäriä vessassa, Hanna tuli hakemaan rättiä ja kolisteli vessan kaappeja. "Ne tulee tänään sitten, muistatko", hän sanoi. Nyökkäsin, ruiskutin ämpäriin mäntysuopaa ja hain siivouskaapista mopin. Aurinko paistoi olohuoneen ikkunasta ja näin ilmassa pölyn, se leijaili TV-tason mustalle vastapyyhitylle lakkapinnalle. Hanna käynnisti imurin taas, sanoin hänelle jotain, hän vilkaisi minuun muttei kuullut.

Moppasin huolellisesti joka puolelta – erityisesti sängyn ja pöytien alta, ja kävin läpi myös lattialistat. Siirsin sohvaakin ja pyyhin sen alta. Mietin Katria ja yritin kuvitella hänet isomahaisena. Muutama vuosi sitten kun olimme olleet yhdessä pari kuukautta, hän tuli vahingossa raskaaksi. Hän kävi abortissa minulta salaa ja katui sitä heti jälkeenpäin. Mutta en ollut vihainen. Silitin hänen päätään sylissäni tällä samalla sohvalla ja paidanhihani kastuivat kun hän itki.

***

Jonna on Hannan kaveri lukioajoilta. En varsinaisesti tuntenut häntä, mutta hän vaikutti mukavalta. Jonna on naimisissa Teron kanssa ja heillä on lapsi. Tyttö, kaksi- tai kolmevuotias. En ollut tavannut Jonnan miestä enkä tyttöä. Kello tuli kaksi iltapäivällä, istuin koneella ja pohdin pitäisikö minun mennä auttamaan Hannaa, joka teki jotain keittiössä. Hanna tuli olohuoneeseen ja kysyi, kannattaisiko tehdä jälkiruokaa ja jos niin mitä. Suklaakakkua, vai riittäisikö jätski?

Neljältä vaihdoin verkkarit takaisin farkkuihin kun ovikello soi ja kävin vessassa laittamassa deodoranttia. Hanna ja Jonna halasivat, minä kättelin miestä – Teroa, siis. Vilkutin lapselle leikkisään sävyyn. Tytöllä oli vaalea polkkatukka ja hän tuijotti minua ja takertui äitinsä reiteen samalla kun kenkiä riisuttiin. Eteisen lattialle ropisi kengistä hiekkaa. Hanna oli tehnyt bolognesekastiketta, olin kattanut olohuoneen pöydän. Istuimme keittiössä hetken, juttelimme tytön futisharrastuksesta ja ujoudesta, sitten menimme olohuoneeseen.

Kun bolognese oli syöty, Hanna haki keittiöstä jätskipaketin ja suklaakastiketta. Tyttö oli levoton. Hän kömpi pöydän alle ja alkoi kutittaa kaikkien jalkoja. Juttelin Teron kanssa töistä. "Se on ihan perus ATK-helpdesk", hän sanoi. "Ei sen kummempaa, mutta työkaverit on mukavia." Sitten hän komensi lastaan: "Siru, anna olla!" Mutta hänellä oli ystävällinen katse silloinkin.

Hanna ja Jonna istuivat vastapäätä, lähempänä toisiaan nyt kuin aiemmin illalla, ja muistelivat jotain vanhaa. Virnistin Terolle kun kaadoin heille lisää punaviiniä. Hän naurahti, pudisti päätään ja alkoi raaputtaa lautasestaan viimeisiä suklaakastikkeen jämiä. Nousin pöydästä ja aloin kerätä astioita.

Jonna ja Tero kiittelivät että oli tosi hyvää. Katsoin Hannaa ja hän hymyili minulle. Lapsi oli laitettu olohuoneen sohvalle katsomaan piirrettyjä.

Vähän ajan päästä Jonna ja Tero olivat sitä mieltä että lapsen olisi aika mennä nukkumaan. Kun Siru oli puettu valmiiksi, kumarruin ja halasin häntäkin. En oikein osaa sanoa miksi. Olihan se ihan mukava lapsi.

Myöhemmin illalla kun Hanna oli mennyt nukkumaan, hain jääkaapista eiliseltä jääneen oluen ja istuin sohvalla. Avasin telkkarin ja selailin, mutten löytänyt mitään katsottavaa. Suljin sen. Valo väheni olohuoneen ikkunassa. Hieman ennen pimeää huomasin jotain olohuoneen pöydän alla. Se näytti harmaalta tahralta, paperituppo tai jotain. Kun kumarruin, näin että se on iso pölypallo. Poimin sen huolellisesti kouraani, nousin, menin keittiöön ja pudistelin sen roskikseen. Sitten pesin käteni, sammutin loput valot ja menin nukkumaan.

***

Kun istahdin tamppaustelineelle aurinkoon vetämään henkeä, muistin yhtäkkiä tuon päivän. Jonnan, Teron ja Sirun. He ovat muuttaneet Teron työn perässä Itä-Suomeen emmekä ole nähneet heitä sen koommin. Joskus harvoin Hanna puhuu Jonnan kanssa puhelimessa. Sirukin on jo varmaan kasvanut. Iso tyttö, niin kuin sanotaan. Niin minäkin varmaan sanoisin sille, jos näkisin sen: "oletpas sinä kasvanut."

Siitä on nyt kolme vuotta. Paljon asioita on tapahtunut. Hanna lähti aamulla töihin ja on menossa sieltä taas lääkärin vastaanotolle. Hän on ollut alakuloinen monta kuukautta, ei ota selvitäkseen miksi hän ei tule raskaaksi. Mitään syytä ei tunnu löytyvän. Lopetin juomisenkin vähäksi aikaa mutta se ei tunnu auttavan. Lupasin siivota kämpän ja juoda pelkkää kahvia ja vettä ennen kuin tulen hänen kanssaan vastaanotolle.

Kun olin siivonnut ja vaihtanut vaatteet, istuin bussissa matkalla klinikalle. Katselin bussin ikkunasta ihmisiä jotka elivät elämäänsä, tulossa kotoa tai menossa kotiin. Mutta sitten ajoinkin sairaalan pysäkin ohi. Huomasin sen jo ennen seuraavaa pysäkkiä, mutta en jäänyt seuraavallakaan. Istuin bussissa päättärille asti ja sieltä nousin seuraavaan bussiin.

***

Nyt istun Viking Mariellan kansibaarissa. Olen ensimmäinen asiakas. Kävelin tänne Helsingin linja-autoasemalta ja ostin äsken menolipun Tukholmaan. Kävelymatkalla keskustasta laivaterminaaliin pysähtelin kapakoissa ja join tuopin tai pari. Aurinko paistaa, kevät on jo pitkällä ja ilmassa tuoksuu meri. Lokit kaartelevat ja huutavat yläpuolellani.

Laiva nytkähtää käyntiin ja alkaa hitaasti kääntyä kohti Tukholmaa. Haen seuraavan tuopin. ”No mikäs noin hymyilyttää”, baarimikko haluaa tietää. En vastaa mitään. Tuntuu etten kuitenkaan osaisi selittää.

BOOM BAR

Heräsin tänä aamuna aikaisemmin kuin muut. Olin varmaan vieläkin kännissä, kello oli kahdeksan. En muista monelta tai miten me tultiin kämpille. Istuskelin vähän aikaa ja kävin vessassa kusella ja pesemässä hampaat. Kaide nukkui sikiöasennossa lavuaarin alla muttei herännyt. Otin yhden tasoittavan ja koska kukaan ei vaikuttanut heräävän, otin matkaevääksi toisen Changin ja lähdin ulos.

Kävelin kämpältä rantaan ja sitä pitkin kilsan verran vasemmalle, siihen kohtaan mistä botskit lähtee. Yhdeksän maissa oli jo läkähdyttävän kuuma. Siinä oli vieressä kahvila jossa oli ilmastointi. Menin sisään ja tilasin kokiksen, ja vähän ajan päästä kolmannen Changin. Tuijottelin merelle lähteviä ja palaavia veneitä. Sitten mietin että vittuakos tässä. Maksoin juomat, menin ulos ja ostin kioskin kääpiöltä kahden tunnin saariristeilyn. Kolmesataa bahtia, ei paljon mitään. Humala tuntui pehmeältä silmien takana.

Veneessä oli isokokoinen vanha ukko – eurooppalainen tai jenkki – ja sen kanssa pienikokoinen thaityttö. Kattelin niitä sivusilmällä ja tajusin että se likka oli tosi nuori. Varmaan korkeintaan viistoista. Tai eihän näistä tiedä, mut mun siskolla on tytär joka pääsee ensi kesänä ripille, ja tämä näytti suunnilleen samanikäiseltä. Mietin että ehkä toi on vähän liian nuori kuitenkin, vaikka eihän täällä papereita kysytä. Mietin jos oisin ite sen mun siskontytön kanssa, mutta se ei ollut hyvä ajatus ja rupesin miettimään muuta, kattelin taivasta ja merta.

Kun me palattiin rantaan ja olin kapuamassa sen ukon ja likan jälkeen pois veneestä, se likka puhui sille jotain selkeellä jenkkienglannilla. Ukko ojensi sille kätensä ja lopuksi nosti sen sylissään veneestä rantahiekalle. Silloin tajusin että se onkin varmaan sen isä, tai vaari. Joten.

***

Jatkoin matkaa rantaa pitkin hierontakojujen ohi. Tää oli siistimpää aluetta kuin eilen. Ei tyttöbaareja tai muuta. Ostin kaupustelijalta kaksi kaljatölkkiä ja avasin kummatkin, riisuin t-paidan pois ja käärin sen hartioille. Kävelin vedenrajaa pitkin hitaasti ja join vuorotellen kummastakin tölkistä. Välillä kuljin syvemmälle veteen ja välillä taas hiekalla.

Kun olin syvemmällä, tuli yhtäkkiä isompi aalto ja horjahdin. Toinen tölkki tippui veteen. Shortsit kastui kokonaan, saatana. Join toisen tölkin tyhjäksi, viskasin senkin mereen ja kahlasin pois sieltä. Tsekkasin vielä rannassa toimiiko puhelin. Se toimi, mutta kukaan ei ollut soittanut tai laittanut viestiä.

Rannan päässä on Last Chance -niminen baari. Aurinko tun-

tui jo selässä, joten menin sinne, istuin palmun alle pöytään
ja tilasin Changin.

***

Kun tuoppi oli melkein tyhjä, alkoi yhtäkkiä sataa. Valehtele-
lematta minuutin sisään aurinko meni pilveen ja alkoi sataa
kaatamalla. Sade vain yltyi ja yltyi. Menin katoksen alle suo-
jaan. Me käytiin täällä parina muunakin päivänä, joten ehkä
sen takia yksi tarjoilijoista tunnisti mut ja toi mulle tuolin ja
istutti mut pöydän ääreen. Hiljalleen kaikki muutkin asiak-
kaat kerääntyi katoksen alle.

Kaksi pikkulasta, tyttö ja poika, seisoi mun vasemmalla puo-
lella ja kyseli isältään jotain. Suomalaisia. Ne osoitteli merta
ja sadetta ja kyseli huolestuneena niistä. Tuuli oli yltynyt.
"Katellaan nyt, eiköhän meri pysy rauhallisena", isä vastasi.
Mietin vähän aikaa. Sitten nousin ja tarjosin tuoliani niille.
Isä nosti sekä tytön että pojan istumaan siihen, ne oli niin
pieniä että kummatkin mahtui samalle tuolille.

Mun oikeella puolella istui vanha ukko, ehkä ruotsalainen,
ja sen kanssa thaityttö. Mut tää tyttö oli vanhempi kuin se
veneen tyttö. Ainakin kakskymmentä. Tai kolmekymmentä,
ei näistä tiedä. Ja tää tyttö ei ollu sen tytär. Mies piti kättä
sen perseellä ja taputteli sitä. Tyttö joi piña coladaa, näin sen
ananasviipaleesta ja drinkin väristä.

Sade yltyi yltymistään ja ihmisten puhe vaimeni. Se hakkasi
katokseen niin kovaa ettei oikein kuullut jutella. Mutta oli
siinä jotain muutakin. Baaritiskin edessä katoksen alla oli nyt

lähemmäs sata ihmistä, se oli ihan täynnä. Me kaikki tuijotettiin merelle, jossa erotin kolme tyyppiä uimassa aika lähellä rantaa. Sitten huomasin mun puolityhjän oluttuopin jonka olin jättänyt pöydälle palmun alle. Se oli ajat sitten täyttynyt vedellä ja pisarat roiskui sen pinnalla.

****

Sade alkoi laantumaan ja lakkasi kokonaan ehkä puolen tunnin päästä. Perhe joille olin antanut tuolin otti rantakamansa ja lähti. Isä vilkaisi mua ja sanoi "kiitos" suomeksi. Kävin takaisin istumaan. Ihmiset alkoi hajaantua katoksen alta omille teilleen. Oikeanpuoleisessa pöydässä vanha ukko suuteli tyttöä, joka oli juonut drinkkinsä loppuun. Istuin siinä ja kattelin vähän aikaa merelle mutten tilannut enää mitään. Kun vähän ajan päästä katoin niitten pöytää, se oli tyhjä.

Silloin puhelin soi, Kaide soitti. "Mis meet? Me ollaan just herätty." Kaiden ääni oli möreä ja käheä. "Vittu mikä ilta! Se muija on vieläkin Jussin huoneessa! Tuu tänne!", se sanoi ja räkätti. Otin vielä yhden tuopin Last Chancessa, sitten maksoin ja lähdin kulkemaan takaisinpäin.

****

Nyt me istutaan lähirannan Boom Barissa. Kaide kertoo eilisestä esityksestä ja me muut nauretaan. Kaide kuvailee erilaisia tapoja joilla nainen voi runkata sekä itseään että miestä. Jussi on meistä vanhin. Tyttö istuu Jussin vieressä, se hymyilee ja kikattaa, aurinkolasit kiiltää paisteessa.

"Älytöntä", Jussi sanoo ja ottaa sitä kädestä. Se hymyilee Jussille. Kaide kysyy siltä haluaako se toisen veden. "Another drink", Kaide sanoo ja virnistää. Tyttö kikattaa taas, pudistaa päätään ja laskee sen väsyneesti pöytään käsivarsiaan vasten. Jonkun ajan päästä se nousee ja hipaisee Jussia olkapäästä. Se kävelee rantaan ja käy nukkumaan aurinkotuoliin meidän vakkaripaikalle.

Vilkaisen puhelinta. Kello on vähän vaille neljä iltapäivällä, painostavan kuuma. Laitan aurinkolasit päähän. Tiedän että olen kännissä mutta ei tunnu siltä. Mietin risteilyä, sadetta ja merelle tuijottavia ihmisiä. Ja muitakin ihmisiä. Tuntuu vähän kuin olisin unessa.

***

Kun tyttö on nukahtanut, me ruvetaan puhumaan siitä ja kysellään Jussilta kaikkea. Tai oikeestaan Kaide ja Kalle kyselee enimmäkseen. Kaide tilaa meille seuraavat oluet ja puhuu eilisiltaisesta showsta. Kuuntelen ja juon, eilinen alkaa palautua mieleen tilanne kerrallaan. Hörähtelen välillä, Kaide röhöttää naama punaisena.

Aurinko menee pilveen. Tyttö herää, kohottautuu aurinkotuolissa ja vilkuttaa meille. Silloin se tapahtuu.

Kaide puhuu Jussille jotain juttua, mutta Jussi ei kuuntele enää. Se vilkuttaa tytölle takaisin pitkän aikaa. Jussi riisuu aurinkolasinsa, jatkaa vilkuttamista.

Sen katseessa on jotain mitä en ole koskaan ennen nähnyt.

Kaide hiljenee. Me kaikki tuijotetaan Jussia eikä kukaan sano mitään. Sitten tyttö kääntyy pois, kääntää kylkeä ja nukahtaa taas.

Jussi kääntyy takaisin meihin. "Sitä elää vaan kerran", se sanoo.

SUPERKUU

En ole tehnyt viikonloppuna muuta kuin tuijottanut telkkaria
ja juonut kaljaa. "Ensi viikolla alkaa terminen syksy", selostaa
meteorologi. Mietin mitä sekin tarkoittaa, mutta vaihdan ka-
navaa ennen kuin hän rupeaa selittämään. Voin huonosti. Olen
eilisen jäljiltä krapulassa, en kovassa mutta sellaisessa jossa on
koko ajan levoton. Päätän että on pakko mennä ulos, tai muuten
en saa ensi yönä taaskaan nukuttua, ja huomenna on työpäivä.
Haluan ehtiä ennen kuin aurinko laskee, joten nousen sohvalta.

Päivällä pakotin itseni siivoamaan. Imuroin, pesin tiskit ja
vaihdoin myös petivaatteet, ensi kertaa Ullan lähdön jälkeen.
Ulla oli pedannut oman puolensa ennen kuin lähti. Parina
unettomana yönä otin hänen tyynynsä viileäksi lisätyynyksi,
jotta nukahtaisin. Kun suljin silmät, tuntui siltä kuin hän ma-
kaisi vieressäni. Havahduin hänen kuiskaukseensa juuri kun
olin nukahtamassa. Avasin silmäni, mutta ei siinä tietenkään
ollut ketään. Tänään riisuin lakanat Ikean siniseen muovikas-
siin ja vein ne pyykkitupaan. Oli pakko, pöly menee henkeen
ja silmäni ovat muurautuneet umpeen aamuisin.

Vedän juoksukengät jalkaani. Hölkkään ensin Herttoniemen
kallioille ja sieltä metsätietä pitkin kohti Viikin arboretumia.

Ulla on ollut poissa kolme ja puoli viikkoa. Olen kirjoittanut hänelle seitsemän sähköpostia, mutten ole lähettänyt yhtäkään. Toissailtana hän soitti minulle ensimmäistä kertaa ja kysyi mitä minulle kuuluu. Olin humalassa enkä oikein muista mitä puhuin, muistan vain että jossain vaiheessa hän katkaisi puhelun.

Pysähdyn arboretumin rannassa lintutähystyspaikalle. Käyn penkille istumaan, tasaamaan hengitystäni. Lahdella on sadoittain valkoposkihanhia lähdössä etelään. Vai kanadanhanhia? En tajua linnuista mitään, pitäisi ottaa selvää. Jään tuijottamaan niitä pitkäksi aikaa. Aika ajoin muutaman kymmenen hanhen porukka alkaa pitää mekkalaa, nousee lentoon ja lähtee. Kolme ja puoli viikkoa, mietin. Otan puhelimella pari kuvaa linnuista ja jatkan sitten lenkkiä.

***

Kun palaan kotiin, on jo melkein pimeää. Ensi töikseni kävelen hämärän läpi olohuoneeseen – kengät jalassa vaikka olen juuri siivonnut – ja laitan telkkarin päälle ja äänen kovalle. Sytytän kaikki valot, riisuudun, leikkaan kynnet, ajan parran ja käyn suihkussa. Laitan uuniin mozzarellapakastepizzan. Istuudun sohvalle odottamaan sen valmistumista ja syön omenan.

"Ensi yönä on taivaalla nähtävissä samaan aikaan superkuu ja kuunpimennys", selittää sama meteorologi kuin pari tuntia sitten. Uutistenlukija jatkaa kyselemällä, mitä superkuu tarkoittaa ja milloin vastaava ilmiö on tapahtunut viime kerran. Seuraavaksi tulee insertti, jossa haastatellaan jotain kulttuurintutkijaa

superkuusta, kuunpimennyksestä ja näihin liittyvistä usko-
muksista eri kulttuureissa. Yhtä kaikki, neljän-viiden maissa
aamulla voi yötaivaalla ensi yönä nähdä ison punaisen kuun.

***

Pari tuntia myöhemmin voimistelen ja venyttelen olohuoneen
vastapestyn lattian päällä Ullan unohtamalla joogamatolla.
Lasken sarjoina punnerrukset: kolme kertaa kolmekymmentä,
sitten syvät vatsalihakset: kolme kertaa neljäkymmentä, sitten
kaikki muut liikkeet ja niiden toistot. Pesen hampaat ja var-
mistan että uuni on pois päältä ja jääkaapin ja pakastimen ovet
kiinni. Kun on sopivan myöhä, seitsemää yli kymmenen, me-
nen sänkyyn ja otan mukaan Tekniikan Maailman. Lueskelen
vähän aikaa ja sitten sammutan valot. Vähän aikaa tuntuu siltä
että nukahdan, mutta sitten alan taas miettiä kaikkea.

Kun Ulla piti mykkäkoulua, siivosin kämppää ja löysin sen
vaatteiden seasta lattialta miehen hupparin. En tunnistanut
sitä. Muistan miten vatsassa muljahti ja silmissä pimeni. En
koskaan sanonut Ullalle siitä mitään, en kysynyt kenelle se
kuuluu. Mutta sen jälkeen riidat pahenivat. Tunnustelen pi-
meässä oikeaa kämmenselkääni joka aristaa vieläkin erään
riidan jäljiltä. Kaksi viikkoa sen jälkeen Ulla lähti.

Vasta myöhemmin tajusin että se on minun hupparini – muis-
tin yhtäkkiä tilanteenkin kun olin ostanut sen Prahassa työ-
reissulla, flunssassa ja kylmissäni. Käytin sitä vain kerran ja
unohdin sen.

***

Yhden maissa olen edelleen valveilla. Haen läppärin ja rupean lukemaan kanadanhanhen ja valkoposkihanhen eroista. Sitten siirryn kuunpimennyksiin. Klikkailen Wikipedia-linkkejä. Luen pitkään Linnunradasta ja sitten muista aurinkokunnista.

Sitten siirryn SETI-projektiin, jossa etsitään elollisia signaaleja ulkoavaruudesta. Lopuksi luen erilaisista teorioista jotka käsittelevät sitä, kuinka suuri maailmankaikkeus on. Yhden teorian mukaan se laajenee ikuisesti, toisen mukaan se kutistuu, kolmannen mukaan maailmankaikkeuksia on ääretön määrä. Suljen silmäni ja koetan kuvitella loputtoman määrän maailmankaikkeuksia. Kun avaan silmäni, näyttö on sammunut ja makuuhuoneessa on pilkkopimeää. On se hetki yöstä jolloin ulkona on täysin hiljaista.

***

Kun kello tulee neljä aamuyöllä, kuulen lehdenjakajan avaavan rapun alaoven ja luovutan nukkumisen suhteen. Vedän taas lenkkivaatteet päälle, ja pipon ja hanskat. Menen hissillä alas. Kun avaan oven, kirpeä syysyön ilma puraisee poskia.

Kuljeksin ympäri pihaa ja tuijotan taivasta. Ei mitään. Kuljen leikkipuiston poikki takapihan rantaan. Siellä hätkähdän kun huomaan äkkiä hahmon joka myös tuijottelee taivaalle. Hänen jaloissaan pyörii kissa. Hän vilkaisee minua ja nyökkää tervehdykseksi. "Onko näkynyt?" hän kysyy. Se on vanhan miehen ääni, huokoinen ja rahiseva. Pudistan pätäni ja sanon että on varmaan liian pilvistä.

Emme puhu muuta. Seisomme siinä ja tähystämme – ikään
kuin valtava punainen kuu voisi ilmestyessään selittää meille
kaiken. Mutta sitä ei näy. Seisomme vaiti kymmenen metrin
päässä toisistamme. Kissa näkee nurmikossa jotain – se vaanii
ja syöksähtelee välillä sinne tänne, muttei kuitenkaan karkaa
miehen läheltä. Lopuksi minulle tulee kylmä ja päätän mennä
takaisin sisälle. Vanhus heilauttaa kättään kun lähden kävele-
mään kostean nurmikon poikki. Sängyssä otan Ullan tyynyn
toiseksi tyynyksi, mutta siinä ei enää ole hänen tuoksuaan.

***

Ennen kuin nukahdan, kuvittelen juuri talvikuntoon laitetun
mökin jossa vietimme Ullan kanssa kesällä monia viikkoja.
Kuvittelen miltä siellä näyttäisi superkuu ja kuunpimennys,
kaukana kaupungin valoista, kirkkaalta pilvettömältä tähti-
taivaalta, jota ihailimme elokuun öinä. Mitä mökki näkee kun
se katsoo taivasta? Kaipaako se kesää ja meitä?

Säpsähdän taas hereille ja näen kellosta että se on vasta puoli
kuusi. Näpyttelen sairauspoissaoloviestin valmiiksi puheli-
meen, mutten vielä lähetä sitä. Haen keittiön kaapista kaljan.
Se on vastenmielisen lämmin, ja säilytänkin niitä kuivakaa-
pissa jotten joisi niitä. Juon sen nopeasti ja haen toisen.

Seuraavana iltana sama meteorologi kertoo että Marsista on
löytynyt suolaista vettä. Ensilumi sataa viikkoa myöhemmin
ja sulaa nopeasti pois, mutta ilma on lopullisesti kylmennyt
ja öisin on pakkasta. Lintutähystyspaikan lahti on tyhjillään
ja yksittäiset lenkkeilijät juoksevat sen ohi. Takapihan nur-
mikko on aamuisin ja iltaisin hohtavan harmaa, ja jos joku

kävelisi sen poikki, se narskuisi jalkojen alla. Postit kasautuvat eteisen matolle, tulee uutisia entisten perään, asiat seuraavat toisiaan. Öisin makaan tyhjässä sängyssä, tuntuu että hautaudun.

74

MUUTTO

Työnnän roskasäkin pakun perälle muiden säkkien päälle ja pohdin, kuinka järjetön määrä turhaa vaatetta ja muuta rojua parissa vuodessa voikaan kertyä. Pakko varmaan ajaa ensin ainakin yksi lastillinen kaatopaikalle, ennen kuin päästään jatkamaan. Paku on pikkuveljeni Timon Keravalta vuokraama, se ajoi aamulla laivalta tänne, lupasi auttaa mua huomenna sohvan, olohuoneen pöydän ja sängyn kantamisessa, ja sitten me jatketaan Viikkarin terminaaliin. Ensi yö on viimeinen tässä asunnossa. Seuraava yö laivassa, ja sitä seuraava varmaan isän ja äitin luona Keravalla. On syyskuun loppu, tihuttaa ja tuulee. Älvsjön puut on vaihtamassa väriä.

"Hei!" miesääni huutaa mun takana, ruotsalaisella aksentilla. Rahtaan jättikokoista repaleista säkkituolia vaivalloisesti autolle enkä näe mitään, mutta vastaan tervehdykseen. Kun saan säkin ängettyä autoon, käännyn ympäri mutten näe ketään. Ihmettelen vähän aikaa.

Menen takaisin sisään ja kiipeän portaat asuntoon, jonka oven olen jättänyt auki. Joku mies seisoo eteisessä, selin minuun. Pysähdyn siihen, en ymmärrä mitään. Sillä on ruskea, lyhyt tukka ja punainen kansitakki. Kuluu varmaan kymmenen sekuntia. Tunnustelen taskusta varmuuden vuoksi puhelinta, siinä se on, pitäisikö näppäillä hätänumero valmiiksi. "Öö... hei?" kokeilen. Mies kääntyy. "Hei!" se sanoo taas ja hymyilee.

Se on Johan. En tunne sitä muuten kuin Lassen ja Steffen kautta, ja nytkin menee hetki ennen kuin tunnistan sen. Sillä on jonkinlainen pukinparta ja se on paljon laihempi kuin viimeksi. Olen tavannut sen pari kertaa niihin aikoihin kun muutin Tukholmaan, jossain koulun bileissä. Ehkä se oli mun tupareissakin? Vaivaannuttaa ja niskaa kuumottaa. Tuijotan sitä enkä keksi mitään sanottavaa.

Johania ei vaikuta haittaavan kävellä puolitutun ihmisen asuntoon avoimesta ovesta kysymättä mitään. Se katselee mua jotenkin hermostuneesti ja virnistää. Kun katson sitä tarkemmin, huomaan että sen pää vapisee omituisesti ylös alas, ja kädet myös, niin kuin sitä palelisi tosi kovaa. Oikeassa kädessä on kukkapaketti ja se ojentaa sen mulle.

"Sain tän Melinalta tänään. Se tuli käymään ekaa kertaa sen jälkeen kun se jätti mut." Johan näyttää miettivän jotain vähän aikaa ja jatkaa: "Elokuun kymmenes se pakkas kamansa ja lähti. Tänään se kolkutti ovelle ja ojensi nämä. Se itki että on pahoillaan ja muistaa meidät ikuisesti. Saanks mä hei käydä lepäämään vähän johonkin?"

***

Viiton Johanin sängylle, jota en ole jaksanut pedata. Mulla ei ole aavistustakaan mistä se puhuu. Tuijotan typertyneenä kukkakimppua kädessäni ja katson kun Johan kömpii sänkyyni, takki päällä ja kengät jalassa, aivan kuin se olisi sen oma. Seison makuuhuoneen ovensuussa ja jotain sanoakseni kysyn haluaako se jotain juotavaa. Ulko-ovi on vieläkin auki ja viima käy. Se vastaa "teetä, tosi laihaa." Ei sano kiitos tai mitään.

Vien kimpun vessan lavuaariin, tuijotan itseäni peilistä, kerään ympäriinsä levinneen nutturan takaisin hiuslenkille, pyyhin maskarapahkuran. Pohdin tilannetta. Siellä se makaa mun sängyssä nyt. Kuulen vessaan että se puhuu jotain mutta en saa siitä selvää.

Menen keittiöön ja panen vedenkeittimen päälle. Tyhjennetyssä keittiönkaapissa on vielä satunnainen valikoima teepusseja. En kysy Johanilta mitä laatua se haluaa. Aivan absurdi tilanne – miksi se tuli, mitä se täällä tekee?

***

"Mä kävelin vaan ulos", se jatkaa kun tulen takaisin makuuhuoneen ovensuuhun. "Millä helvetin oikeudella Melina pahoittelee mulle mitään? Millä helvetin oikeudella se kehtaa sääliä mua? Se jätti mut tän takia", Johan sanoo ja ojentaa kätensä mua kohti. Katselen niitä ja nyt näen että ne vapisee jatkuvasti, omituista, isoa vapinaa. "Onko sitä teetä? Onko yrttiteetä?"

Epäröin kysyä onko sillä joku sairaus. Se olisi tungettelevaa, ja näen että se on järkyttynyt ja sekavan oloinen. Miksei se mennyt kavereidensa luokse? Mitä se tänne tulee?

Uitan piparminttuteepussia kupissa muutaman sekunnin. Kun vien sen makuuhuoneeseen, Johan on noussut jaloilleen. Se ottaa kupin vastaan kummallakin kädellä, mutta siitä läikkyy silti vähän sen käsille ja lattialle. Se ei kiitä. Hetken mietin kuinkakohan sekaisin se on, rupeaako väkivaltaiseksi. Muistan että puhelin on kuitenkin vasemmassa housuntaskussa valmiina. Vilkaisen kelloa, Timo on vieläkin keskustassa käymässä.

”Miksi täällä on näin tyhjää?” Johan kysyy. Se ikään kuin havahtuu ja kävelee olohuoneeseen. Menen perässä. Se laskee teekupin olohuoneen pöydälle, läikkyy, kuuluu kova kolina. Pöytä on hienoa puuta, isän tekemä, mutta en kehtaa hakea rättiä. Kerron sille että olen muuttamassa, muutan huomenna takaisin Suomeen. Se katsoo mua ja huokaa raskaasti, mutta näyttää samalla siltä kuin se ei olisi kuunnellut vaan miettinyt samaan aikaan jotain muuta. Se käy sohvalle samanlaiseen röhnötysasentoon kuin se oli sängyllä. Se on siinä ja vapisee. En tiedä mitä tekisin, on avuton olo.

”Mä en voi mennä kotiin jos Melina onkin siellä”, se sanoo. Yritän kysyä mikä sitä vaivaa, haluaako se että tilaan ruokaa, mulla ei ole mitään. Kun se ei vastaa, jätän sen siihen sohvalle ja jatkan siivoamista.

***

Korjaan keittiöstä läksiäisistä jääneitä tyhjiä viinipulloja ja oluttölkkejä. Pidin lauantaina läksiäiset läheisimmille kavereille täällä – Anna-Lisalle, Ellalle ja Benjaminille. Pari muuta opiskelukaveria tuli myös. Ella lauloi karaokea kahden maissa sen verran kovaa että naapurin täti tuli koputtamaan. Avasin sille oven ja sopersin että ollaan tosi pahoillamme. Sitten ajattelin että toisaalta muutan tiistaina joten mitä väliä. Suljin oven sen nenän edestä. Mua kadutti sunnuntaina kun muistin iltapäivällä suihkussa tädin hölmistyneen ilmeen. Se täti oli aina tervehtinyt mua ja vaihtanut pari sanaa, jos satuttiin samaan aikaan rappukäytävään. Tuntui pahalta.

Menen takaisin olohuoneeseen. Johan tuijottaa ikkunasta ulos samassa asennossa, ja vapina on ennallaan. Kysyn mitä Lasselle ja Steffelle kuuluu, onko se nähnyt niitä. En ole varma, mutta näyttää siltä että se pudistaa päätään. Muuten näyttää siltä kuin sen nyökyttelisi koko ajan. Sitten se sulkee silmänsä. En muista että Lasse tai Steffekään olisi pitkään aikaan puhuneet Johanista.

Availen kukkakimppua vessassa. Kuulen sinne Johanin äänen – se on herännyt, jos se nyt edes nukkuikaan. Ovi on auki mutten kuule kunnolla mitä se puhuu. Sanomalehtipaperi rapisee niin etten kuule mitään. Punaisia ruusuja. Kuulen sanan "läkare", ja pystyn päättelemään jotain. Mutta en aio kiiruhtaa takaisin olohuoneeseen kuuntelemaan mitä sillä on asiaa. Se paukkasi kuitenkin tänne lupaa kysymättä.

Rapistelen papereita hyvän aikaa. Katselen ruusuja ja mietin mitä ihmettä niille pitäisi tehdä. Kimppu on iso ja kaunis ja tuntuisi omituiselta panna se roskiin. Enkä tiedä milloin seuraava asukas muuttaa tänne. Mutta ei kai niitä tänne vessaankaan voi jättää.

"Mä kuolen tähän", Johan sanoo, kun kävelen kimppu kädessä takaisin olohuoneeseen. "Tajuutko sä että mä kuolen tähän."

***

Olohuoneen ikkuna on iso ja siihen paistaa ilta-aurinko. Jostain syystä, ehkä heijastuksen takia, sitä päin lensi näinä kumpanakin kesänä lintuja. Pari kolme kesässä. Kuului kova kolahdus kun ne mäjähti päin lasia. Muutama kuoli, jolloin poimin ne tiskihanskat kädessä pahvilaatikkoon ja hautasin takapihan metsään. Muutama taas räpisteli vähän aikaa ja virkosi sitten.

Seison siinä ja katselen Johania. Se on vetäytynyt kyyryyn, sikiöasentoon. Tuntuu että mun on pakko tehdä jotain. Panen ruusut pöydälle Johanin teekupin viereen. Sitten otan nojatuolilta valkoisen viltin ja peittelen sen. Johan ei pane vastaan, on vain siinä ja vapisee lakkaamatta. Peittelen sen huolellisesti, niin että sen jalatkin on viltin alla. Äiti peitteli minut näin kun olin pieni, muistan äkkiä. Tunnen viltin alta Johanin jalat, ne on pelkkää luuta ja nahkaa, mikä ei näkynyt sen löysien vaatteiden alta. Se sulkee silmänsä taas.

Jään sohvanreunalle istumaan. Hiljalleen Johanin hengitys tasaantuu. Ovi on koko ajan ollut auki ja kun käännyn, huomaan että Timo on palannut. Se seisoo mun takana pizza-laatikko ja kaljakassi kädessä olohuoneen ovensuussa, silmät selällään. Se tuijottaa Johania, pöydällä lojuvaa ruusukimppua ja sitten mua. Nostan etusormen huulilleni merkiksi siitä että nyt pitää olla hiljaa.

TESSU

On marraskuun alku ja sataa lunta, niin kuin vuosi sitten ja kaksi vuotta sitten. Pohdin tätä keittiönpöydän ääressä ja hörppään viskiä. Siellä se ynisee ulko-oven takana, haluaa huomiota.

Annoin sille nimeksi Tessu koska se oli Tessun näköinen.

***

Tytöt kävivät heinäkuussa pitkästä aikaa. Eevan silmiin on tullut jotain katkeraa sen jälkeen kun se saatanan Kimmo jätti sen. Sille on alkanut tulla ryppyjä suun ympärille – alaviistoisia, samanlaisia kuin minulle aikoinaan, jotka syvenivät uurteiksi sen jälkeen kun Maria sairastui. Mutta en sure Eevan puolesta. En pitänyt Kimmosta, parempi näin. Kimmo huomautteli minulle juomisesta mukavitsikkäästi joskus kun olimme syömässä. Se löysi nuoremman. Olen iloinen ettei minun tarvitse nähdä sitä enää koskaan. Eeva on jo sen ikäinen että lapsia se ei saa, se on sääli.

Eeva ja Nadja käyvät nykyään kotona enää pari kertaa vuodessa. Soittavat kerran viikossa – Eeva useammin – ja kumpikin kyselee minulta jatkuvasti kuinka voin – onko flunssa mennyt ohi, koskeeko vielä nilkkaan? En jaksaisi kuunnella heidän kysymyksiään, ne ovat pelkkää syyllisyyttä.

Nadja, pikkupikkusisko, otti tämän koiranpentuasian puheeksi kun istuimme kahvipöydässä. Nadja oli silloin jo näkyvästi raskaana. Mies on nimeltään Felix. Omituinen nimi mutta hyvä mies. Hauskakin. Kuunteli minua kun kerroin tästä talosta ja alueen historiasta, vaikka Nadja hiippaili ympärillä koko ajan kusihätäisen näköisenä, selkeästi huolestuneena tuleeko hänen sulhaselleen seurassani tylsää.

Mutta nyt heinäkuussa Nadjan mies ei siis ollut mukana. Kaivoin kaapista jaffakeksejä joita olin varta vasten ostanut. "Isä", Nadja aloitti. "Mitä jos hankkisit koiran. Meillähän on aina ollut koira. Ois seuraa sulle ja kävisitte lenkillä." Eeva nyökytteli vieressä ja syttyi hymyyn, ensimmäistä kertaa sen käynnin aikana.

Kävi ilmi että Felixin veli kasvattaa labradorinnoutajia. Nyt kaadan toisen viskin, ulko-oven takana vikinä yltyy uikutukseksi.

***

Kaksi vuotta sitten marraskuussa syötin Marialle aamupuuroa eikä hän taaskaan suostunut avaamaan suutaan. Ensin maanittelin, sitten tungin lusikkaa hänen huuliensa välistä väkisin, puuro levisi ympäri leukaa ja tippui essulle. Maria piti hiljaista yninää koko ajan ja heijasi itseään. "Syö nyt saatana!" ärähdin, kaduin heti ja pyysin anteeksi. Panin lautasen sivuun, pyyhin Marian kasvot ja kumarruin ja halasin häntä pitkään.

Halatessa katselin keittiön ikkunasta ulos hänen olkansa yli.

Ensilumi oli satanut yöllä, pihan poikki juoksenteli harakka ja seurailin sen juoksentelua. Vähän ajan päästä se hyppäsi ensin omenapuun oksalle ja sitten lentoon, katosi näkyvistä. Sitten autoin Marian vessaan ja lähdimme lenkille.

Myöhemmin eräänä yönä, joulun jälkeen, heräsin hirvittävään mekkalaan. Joka puolelta kuului kovaäänistä puhetta, monia eri ääniä sekaisin. Kömmin pystyyn kun huomasin ettei Maria ollut vieressäni, hänen peittonsa oli mytyssä lattialla. Puhetta kuului keittiöstä ja jostain muualtakin. Vieraita ääniä, virallisen kuuloista puhetta.

Menin keittiöön. Siellä ei ollut ketään, mutta radio oli täysillä, sieltä tuli uutiset. Suljin radion ja tunsin sähköistä katkua ja ilma tuntui lämpimältä. Huomasin että hellan kaikki kytkimet oli käännetty kutoselle. Laitoin ne pois päältä, otin patalapun ja nostin hehkuvan tyhjän kattilan hellalta ja laskin sen päälle tiskialtaassa kylmää vettä. Se sihisi pitkään siinä. Sitten kytkin pois vielä tyhjillään olevan kahvinkeittimen ja suljin jääkaappipakastimen ovet, jotka olivat selällään.

Maria seisoi olohuoneen telkkarin edessä yöpaidassa selin minuun. Hän puristi kaukosäädintä valkoisin rystysin ja ränkkäsi sitä tuskaisen näköisesti. Telkkari meni välillä kovemmalle, välillä ääni häipyi taas kokonaan pois. Ruotsinkieliset uutiset. Kutsuin häntä mutta hän ei vastannut. Kävelin hitaasti ja rauhallisesti hänen vierelleen, vaikka olin itsekin säikähtänyt ja sydän löi tuhatta ja sataa.

Otin Mariaa kädestä joka tiukasti puristi kauko-ohjainta. Tein sen niin hellästi kuin osasin, jottei hän säikähtäisi. Kun tytöt olivat pieniä, nauroimme koko perhe aina sille kuinka minulla on jättiläisen ja Marialla kääpiön kädet, vaikka olemme muuten aika samanpituiset. "Isi on jätti!" Nadja kikatti aina.

Kun olin saanut irrotettua Marian otteen kaukosäätimestä, panin sen taakseni sohvapöydälle. Hänen kätensä jäi kouristukseen, ikään kuin kaukosäädin olisi vieläkin ollut siinä. Kumarruin, yritin katsoa Mariaa silmiin, mutta hän vain tuijotti telkkaria, tai telkkaria kohden, tai sen läpi. Meni vartti ennen kuin sain maaniteltua hänet takaisin nukkumaan. Tuo oli helmikuuta, puolitoista vuotta sitten.

***

Keväällä se tapahtui uudestaan. Heräsin siihen että makuuhuoneen kaikki valot olivat päällä – kummatkin yöpöytien lamput sekä yölamppu ja kattokruunu. Maria seisoi sängyn vieressä ja tuijotti minua kuin avaruusoliota. Hänellä oli hiilihanko kädessä. Katsoin Mariaa pitkään silmiin siinä maatessani enkä liikkunut. Saatoin ajatella että lyököön minua tuolla, loppuu tämä rääkki. Mutta hän vain seisoi siinä ja katsoi minua, tai minua kohden, tai lävitseni, niin kuin katsoi sitä telkkaria, ja silloin tajusin että minun on pakko luovuttaa.

Nousin istumaan sängyssä ja halasin häntä ja itkin. Maria ei vastustellut mutta ei halannut takaisinkaan. Annoin kyynelten valua hänen yöpaitaansa vasten ja ulvoin "anna anteeksi, anna anteeksi." Ylitseni vyöryi vuorotellen kaksi hyökyaaltoa: ensimmäinen oli suru, sitten tuli helpotus.

Viikkoa myöhemmin Maria sai paikan hoitokodista. Seuraavana päivänä join saunan eteisen pullosta kovan humalan, oksensin lauteille ja sammuin.

Vuosi sitten marraskuussa Maria kuoli.

Muistan viimeisistä ajoista sen että nukuin paljon. Ja syyllisyyden siitä etten jaksanut käydä katsomassa häntä joka päivä. Ei hän ollut enää Maria. Hautajaisista en muista mitään. Mutta olen kuitenkin ylpeä siitä että osasin rakastaa häntä koko elämän.

****

Tessu on ollut minulla nyt pari viikkoa.

Nadja ja Felix toivat sen seitsemän viikon ikäisenä viime kuun lopussa. Kun otin sen syliin, se tuoksui koiralta, mutta myös vähän siltä miltä Nadja ja Eeva tuoksuivat vauvoina. Pidin sitä sylissäni lähellä kasvojani ja se alkoi nuolla naamaani. Kun katsoin Nadjaa, näin kuinka hänen silmänsä loistivat. Hän katseli minua ja koiraa ja tarttui Felixiä kädestä. Nadjalla on Marian silmät.

Olin levittänyt eteiseen sanomalehtiä ja pidin Tessua siellä ensimmäisen viikon. Ensimmäiset kolme yötä se itki äitiään enkä saanut nukuttua. Pari kertaa kävin silittämässä sitä, mutta sitten väsyin ja menin takaisin nukkumaan. Kolmantena yönä keitin kahvit.

Kun laskin puruja suodattimeen, vilkaisin keittiön kelloa ja näin että se oli kahtakymmentä vaille kolme. Saman verran kuin sinä yönä kun Maria oli laittanut kaikki valot ja laitteet päälle.

Istuin keittiönpöydän ääressä pitkän aikaa ja katselin ikkunasta ulos pimeään. Oikeastaan näin vain peilikuvani. Ja mietin pitkään että miksi näytän nykyään näin saatanan vanhalta ukolta vaikka tuntuu että olen sama ihminen kuin nuorempana, tai ainakin melkein. Sanomalehti kolahti luukusta ehkä tuntia myöhemmin. Vähän sen jälkeen Tessu rauhoittui. Jäin pöydän ääreen odottamaan aamua.

***

Ja nyt on taas marraskuu. Syötin aamulla Tessun ja lähdin sen kanssa kävelemään Lehikoiselle. Tessu hyppelehti vilkkaasti ympärilläni täysin vailla rotia ja kiskoi hihnaa. Naureskelin sen tempuille ja syötin sille herkkuja. Sidoin sen kaupan edustalle pyörätelineeseen ja selitin sille että olen ihan kohta tulossa takaisin, ei mitään hätää.

Ostin sitä mitä yleensäkin kerran viikossa: piimää, kahvimaitoa, juhlamokkaa, kurkun, tomaatteja, lihapullia, silliä ja perunoita ja olutta. Fairy oli loppu joten ostin sitäkin. Joku meni ulos ja kun automaattiovet avautuivat, kuulin koiran vikinää. Yritin kiirehtiä. Kassalla heilautin kättäni Lehikoiselle, joka on ollut täällä kauppiaana isänsä jälkeen.

Piha oli jäässä ja liukastelin siinä. Kun irrotin Tessua, se riuhtaisi yhtäkkiä hihnasta, joka lipsahti kädestäni. Se juoksi suoraan maantietä päin, kohti toisella puolella räksyttävää naapurin susikoiraa. Ehdin nähdä kuinka rekka teki äkkijarrutuksen juuri kun Tessu syöksähti tielle. Sitten en kestänyt katsoa.

Kun avasin silmäni, rekka oli jatkanut matkaansa ja Tessu hyppelehti toisella puolella katua hihna suussaan. Se haukahti minulle pari kertaa kiirehtiessäni kadun yli kauppakärryn kanssa. Kumarruin poimimaan hihnan, se nuoli naamaani ja pomppi. "Saatana!" karjaisin sille ja nykäisin hihnan nyrkkiini, mutta ei se välittänyt yhtään, jatkoi hännänheilutusta.

Sain liukasteltua kotiin, purin kauppakärryn ja kaivoin kaapista viskipullon. Jätin pennun ulos. Aluksi se hyppeli yöllä sataneessa lumessa, joka on jo sulanut nuoskaksi.

Nyt se raapii ulko-ovea ja uikuttaa, melkein ulvoo.

***

Kuuntelen kellon tikitystä, varttia yli yksitoista. Muistan taas sen aamun kun en saanut Mariaa syötetyksi ja katselin hänen olkansa yli harakkaa, joka pyöri vähän aikaa pihalla ja sitten lensi pois. Kaadan vielä yhden viskin.

Sitten haen makuuhuoneesta kännykän. Siinä on vieläkin paljon numeroita joita en ole tarvinnut yli vuoteen – kotihoidon päivystys, ateriapalvelu, vuodeosaston kanslia. Painan Marian kännykkänumeron, vaikka tiedän. "Numero ei ole käytössä", sanoo naisääni.

Sitten painan Nadjan numeron. "Hei!", hän vastaa iloisen kuuloisena muutaman tuuttauksen jälkeen. Kuulen puhelimesta vauvan itkua ja oven takaa koiran ulinan. "Kuule, tämä ei taida toimia", aloitan.

ROGER WATERS

Istun Ao Nangin rannalla Thaimaassa jouluaattona. Odotan vaimoani joka on jossain kopissa hierottavana. Aurinko on laskemassa ja meri kaatuu laantuvina aaltoina rantaan.

Hieromapaikan sisäänheittäjä on tuonut minulle oluen silloin kun vaimoni meni hierottavaksi ja on ihan mukavaa olla siinä rannalla katselemassa auringonlaskua. Olen juuri korjaamassa asentoa, kun joku kysyy minulta brittienglanniksi, onko vieressä tilaa. En osaa ajatella pitkästä, vanhasta miehestä muuta kuin että hän näyttää Roger Watersilta.

Vastaan kyllä, oikeastaan siksi etten ehdi reagoida mitenkään muuten. No, hän istuu siihen ja kaivaa pienestä kuluneesta Fjällräven-repustaan pienen muovipullon, joka näyttää samanlaiselta kuin joku omenamehu jota mainostetaan lapsiperheille. Mutta epäilen ettei se ole omenamehua.

Hän on auringon kuivattama, ehkä seitsemänkymppinen ja kertoo että on käynyt tällä rannalla viimeksi ex-vaimonsa kanssa kolmekymmentä vuotta sitten. *It was very different back then.* Nyt hän kertoo tarinan ensimmäisestä yöstään Ao Nangilla. Heillä oli vuokrattuna jonkinlainen hökkeli, jossa oli pelkkä katto, jonkinlainen sänky ja bambulattia jonka rakoihin katosi kolikoita. Sängyn alla asui sammakko. *A frog. Do you know what a frog is?*

***

Hän on kolmatta viikkoa Thaimaassa ja kertoo ladanneensa puheaikaa vanhaan simpukkamalliseen puhelimeensa. Hän kaivaa sen repustaan. Mutta se ei vaikuta toimivan, tai sillä ei ainakaan voi soittaa. Luettelossa näkyy nimi Daniel ja hän yrittää soittaa Danielille, mutta se ei onnistu. Joissain maissa simpukkapuhelimet ovat kuulemma uudelleen muodissa, mies nauraa.

Sammakko oli tehnyt pesän sängyn alle, hän jatkaa. Hän oli ottanut sen kiinni ja heittänyt sen ovesta ulos ja käynyt takaisin nukkumaan. Vähän ajan päästä sängyn alta kuului taas samaa kurnutusta. Sammakko oli palannut kotiinsa.

Näin tänään apinan joka oli samanlainen, vastaan. Mies katsoo minua kysyvästi. Selitän että apina käytäyttyi aggressiivisesti varmaan siksi että kaikki turistit änkivät sen kotiin – samoin kuin se sammakko.

Mies ottaa huikan pullostaan ja jatkaa sitten, että hän heitti sammakon ulos vielä kertaalleen, tällä kertaa ikkunasta. Mutta taas se palasi sängyn alle.

***

Kysyn haluaako hän lainata puhelinta. Ei halua.

Puhumme siitä mitä kukakin tekee. No, hän on asunut Tukholmassa melkein 40 vuotta – muutti aikoinaan naisen perässä – ja työskennellyt puuseppänä ja maalarina. Nyt hän on eläkkeellä. Hän asui ennen keskustassa pubin yläkerrassa ja nyt Aspuddenissa. *Aspudden is a shithole.*

Another drink, joku kysyy. Ei kiitos.

Käyn katsomassa miksi vaimollani kestää niin kauan. *We take care of your wife for you OK*, sisäänheittäjätyttö sanoo. Ja silloin näenkin hänet yhdellä hieromapöydistä. No, menen takaisin istumaan.

Roger Waters selaa puhelintaan, yrittää soittaa. En tajua näitä tekniikkahommia, hän naurahtaa. En minäkään, vastaan. Kysyn haluaisiko hän lainata puhelintani.

Olin tällä rannalla viimeksi ex-vaimoni kanssa, hän sanoo ja osoittaa merelle. Muistan tuon saaren. Ja tuon.

***

Katselemme vähän aikaa saaria. Niiden rannoilla loistaa monenvärisiä jouluvaloja – siellä on varmaan samanlaiset suurmarkkinat ja helvetillinen mekkala kuin täälläkin. Etäältä katsottuna kauniimpaa.

Kysyn häneltä, milloin he erosivat. "Siksi kun minulla oli liikaa naisia", hän vastaa. Ei vaan milloin – *when*. Viisitoista tai kaksikymmentä vuotta sitten.

Hän on menossa Pattayalle ensi viikolla, Danielin kanssa, viimeiseksi kolmeksi viikoksi. *Pattaya is a whorehouse, Patong is a whorehouse*, hän sanoo.

Mistäpäin olet kotoisin? kysyn. *Isle of Wight*. Tunnistan paikannimen ja mietin Jimi Hendrixiä. Ja OK, Roger Watersia myös. *I've seen them all, you know. Before they became who they are*, hän jatkaa.

Katselen miestä jonka tukka ja sänki ovat harmaanvalkeat ja iho ruskea mutta melkein läpinäkyvä, iän ja auringon rypistämä. *You could just go to a show on a Friday. And see the Stones, or Pink Floyd, you know, back in 1965*, hän muistelee.

Hörppään oluesta. Tiedän ettei hän ole Roger Waters. *Another drink*, joku kysyy. OK. *Yes please, Chang beer for me and my friend here*, hän vastaa ja virnistää.

Hän kertoo että asuu rannalla aina kun voi. Hän haluaa kuulla tuulen. Hän saa nykyään eläkettä, 10 000 kruunua kuussa. Välillä hän tekee töitäkin, mutta saa aina potkut koska juo liikaa. Hän jatkaa että hänellä ei ole varaa hotelliin, mutta hän haluaa silti asua lähellä rantaa. Hän yöpyy Ao Nangilla kahdeksan hengen makuusalissa – *in a dormitory*. Mutta salissa ei ole ketään muita! *I also have air conditioning.*

∗∗∗

Nyökyttelen, maksan oluet ja otan hänen tarjoamansa tupakan. Hän näyttää kuvia joita hän otti hieromateltan thaitytöistä juuri ennen kuin tuli viereeni istumaan. Heillä on pääs-

sään tonttulakit joissa on poronsarvet, koska on jouluaatto.
Hän nauraa pitkään ja hekotan puolivillaisesti mukana. Haluatko soittaa sille Danielille? kysyn.

OK.

Hän sanelee minulle numeron – ajattelen että se on helpompaa kuin yrittää opettaa vanhusta käyttämään uutta puhelinta. Hän saattaisi vaikka ottaa sen ja juosta tiehensä, käy mielessä. No, kuitenkin. 0046 ja sitten 8 ja jotain. Ojennan puhelimen hänelle ja hän katkaisee vahingossa puhelun saman tien. Laitan sen uudelleen soimaan ja ojennan takaisin.

Hi. It's me. I'm in Thailand, Ao Nang beach. The beach with the frog. Do you remember? That frog who always came back, whatever you did. I just wanted you to know where I am.

Ja niin edespäin. Istun siinä ja katson merelle. Aurinko on laskenut, muutama uimari ja pitkähäntävene on palaamassa rantaan. Yritän olla häiritsemättä häntä kun hän puhuu. Mutta tietysti on selvää että puhelin on minun ja aika on rahaa. Hän sanookin jotain tähän viittaavaa puhelimeen ja lopettaa sitten puhelun. Hän ojentaa puhelimen takaisin minulle ja kääntyy poispäin.

Panen puhelimen taskuuni ja on hiljaista vähän aikaa. Vilkaisen häntä, tai hänen harmaantunutta takaraivoaan. Hän nostaa kämmenensä vuorotellen kummallekin silmälle ja pyyhkäisee. Tätä jatkuu pari minuuttia.

Jotain tehdäkseni tartun häntä olkapäästä. En niin vahvasti

ja lohduttavasti kuin olisin ajatellut. Mutta kuitenkin. Pidän hänestä kiinni muutaman sekunnin.

***

En ole palannut Isle of Wightille. Aina on seuraava saari, hän sanoo ja virnistää, hetken päästä kun kääntyy takaisin minuun päin.

Silloin vaimoni palaa hieronnasta, katsoo meitä yllättyneesti mutta hymyilee. Esittelen hänet Rogerille ja toisin päin. *So this is your wife*, Roger sanoo, virnistää ja pyyhkäisee silmiään vielä kerran. Vaimoni asettuu tuolille ja sulkee silmänsä, lepää.

Taivas on kirkas. Kukaan ei keksi mitään sanottavaa, joten katselemme taivaalle. Roger selvittää kurkkuaan ja kaivaa viskimehupullonsa esiin ja tarjoaa kaikille. Kiitän ja otan huikan, vaimoni myös. Sitten tulee taas hiljaista. Aiemmin iltapäivällä satoi, mutta illaksi kirkastui ja nyt tuulee lempeästi. Rupeamme katselemaan ja osoittelemaan yötaivaalle. Koetamme tunnistaa tähtikuvioita, jotka ovat täällä toisella puolen maailmaa eri asennossa.

Kun rantakojut alkavat sulkemaan oviaan – tai no, eihän niissä ole ovia, mutta ne hiljenevät ja ranta pimenee – nousemme viivytellen ylös. Alamme hitaasti kulkea rantaa pitkin takaisin kohti keskustaa. Olemme vaiti, mutta se ei haittaa. Vaimoni ottaa minua kädestä, Roger kulkee takanamme. Rannan ja keskustan rajalla käännyn ja haluan kiittää Rogeria, mutta hän ei ole enää siellä.

JOULUJUHLA

Hoitaja painaa nappia ja hissinovet avautuu. Me laskeudutaan kellarikerrokseen, jossa juhla järjestetään. Harmaatukkainen vanha hoitaja saattaa mua ja paria pienempää kundia. Toinen niistä on sängyssä, ehkä kymmenvuotias. Sen äiti on mukana ja työntää sänkyä jossa se nukkuu. Näytän joltain taidemaalarilta pinkissä sairaalapyjamassa ja sukat valuu jatkuvasti mytyiksi sandaaleihin. Tuntuu lapselliselta, on tokkurainen olo kipulääkkeistä mutta en jaksa välittää. Äitin piti tänään mennä kotiin viemään Riina korvalääkäriin, joten oon ekaa päivää yksin leikkauksen jälkeen.

Me kuljetaan röntgenosaston ohi, jossa oon jo käynyt pari kertaa menneellä viikolla, ja sieltä tullaan jonkinlaiseen saliin, jossa on isoja pyöreitä puupöytiä ja oransseja muovituoleja. Haisee sairaalalta. Yhdessä nurkassa on täyteen koristeltu kuusi. Kiiltävien pallojen ja hopea- ja kultahileen alta ei näe, onko se oikea vai muovikuusi. Katonrajassa on pikkuikkunoita joissa on erivärisestä silkkipaperista ja mustasta kartongista tehtyjä koristeita – lintuja, tähtiä ja tonttuja. Kello on kolme ja ulkona on jo hämärää. Siivooja ja pari hoitajaa on roskisten luona tupakalla toppatakit päällä, savu ja hengitys näkyy kirkkaan valkoisena kovassa pakkasessa. Pystyn haistamaan savun ja pakkasen tänne asti.

Käyn takariviin istumaan ja kattelen ympärilleni. Yhdellä tytöllä joka istuu pyörätuolissa on nilkan ympärillä kehikko, josta menee metallipiikit luun läpi. Ovi aukeaa ja muutama lisää työnnetään sängyissä sisään. Tunnistan yhden, tytön joka on varmaan Riinan ikäinen, viisi tai kuusi, vaikka se näyttää naamasta jotenkin vanhemmalta. Sillä on tummanharmaat silmänympärykset ja se näyttää jotenkin pelottavalta. Se on samannäköinen kuin ne keskitysleirivangit jotka vapautettiin Saksasta. Pyjamakin on melkein samanlainen, liian iso sen päällä, tosin turkoosi. Viimeksi kun näin sen röntgenosaston jonotushuoneessa se oli hereillä, vaikkei puhunut mitään. Nyt se nukkuu, ja näyttää että se on laihtunut entisestään. Melkein kuin peiton alla ei olisi ketään.

Tunnustelen kylkeäni ja siteiden alle peitettyä haavaa. En muista ekoista päivistä leikkauksen jälkeen mitään, muuta kuin että sattui joka paikkaan törkeesti aina kun heräsin. Ränkytin morfiinipumppua. Mut en parkunut kuin kerran, ja kerran ennen leikkausta.

***

Oon nähnyt näyttelijän jossain ennenkin. Ehkä viisikymppinen nainen, muistan että se on näytellyt jotain äitiä jossain leffassa tai sarjassa. Hoitajat siirtelee pöytiä ja tuoleja, että sille saataisiin huoneen toiseen päätyyn näyttämö. Se hymyilee ja vilkuttaa kaikille, heiluttaa jotain helistintä ja sanoo "terrrrvetuloa."

Eka ohjelmanumero on Katri Helenan Joulumaa. Huokaan syvään. Pöydällä on joulutorttuja, mehua ja piparkakku-talo – se on yhtä täyteen koristeltu kuin se kuusi. Mutta mun ei tee mieli. Oksettaa vähän. Vanhemmat hakee niitä sieltä lapsilleen. Joku pikkuvauva jokeltaa ja pelleilee joulutorttunsa kanssa isänsä sylissä. Isä ottaa siitä tiukemmin kiinni, nauraa ja pussaa sen tukkaa. Isän silmät on kiinni kun se pussaa sitä.

Näyttelijä juoksee ulos ja tulee takaisin Peppi Pitkätossuksi pukeutuneena. Tuntuu sairaan typerältä, oon varmaan ainoa koko porukasta, tai siis potilaista, joka on yläasteella.

Jäätävän Oi katsoppas vaari tuota hauvaa ja parin muun ihas-tuttavan esityksen jälkeen näyttelijä menee taas vaihtamaan kamoja. Kampean itteni ylös koska on taas kusihätä – kusika-tetri otettiin vasta eilen pois ja kirvelee vieläkin aika paljon. Huippaa kun nousen pystyyn, otan tippatolpasta tukea. Har-maapäinen hoitaja kattoo mua kysyvästi muttei sano mitään. Laahustan niin nopeasti kuin jaksan kaikkien ohi kohti salin ainoaa ovea, samaa mistä näyttelijä kulkee. Törmään tolpalla nukkuvan tytön sänkyyn ja sanon sori.

***

Pääsen ovelle, avaan sen ja odotan vähän aikaa että silmät tottuu. Käytävässä on tosi pimeää. Menen ekaksi väärään suuntaan, hitaasti ja seinää pitkin, koska käytävä pimenee ja pimenee.

Äkkiä erotan muutaman metrin päässä jonkun tumman hah-mon ja pysähdyn siihen. Se seisoo seinään päin kääntyneenä, pitää kämmeniä kasvoillaan, ei liiku eikä sano mitään. En kuule edes hengitystä. Yhtäkkiä siitä kuuluu kovaääninen nyyhkäisy. Se kaikuu pimeässä käytävässä. Jähmetyn siihen tuijottamaan kun se poraa.

Sen itku on omituisen kuuloista, se itkee ihan hiljaa, mutta nyyhkäykset on sitäkin kovempia ja jää kaikumaan käytävään. Mulla menee hetki tajuta että se on se näyttelijä. Sillä on mikkihiirikorvat päässä mutta jalassa vielä raidalliset Peppi-sukkahousut. Parilla tuolilla siinä ympärillä on sen Peppi-peruukki, merimiespaita ja ukulele. Käännyn päinvastaiseen suuntaan ja vähän ajan päästä löydän vessan.

Kuseminen kestää ikuisuuden. Sen jälkeen köpötän takaisin, avaan oven ja törmäilen takaisin paikalleni. Näyttelijää ei näy missään. Joku mieshoitaja tulee sisään vakavan näköisenä ja menee supattamaan harmaapäähoitajalle jotain. Ne kuiskii toisilleen pitkään ja sitten mieshoitaja menee takaisin ulos. Piparkakkutalo on melkein syöty. Kaikki tuntuu odottavan jotain.

***

Ehkä vartin päästä näyttelijä tekee viimein comebackin. Se laittaa cd:ltä taustat pyörimään ja alkaa laulaa Mikki Hiiri merihädässä. Sen silmät punoittaa mutta kukaan ei sano mitään. Sen ääni värähtelee välillä. Tuntuu siltä kuin se olis kertonut jonkun salaisuuden pelkästään mulle.

Mustasilmäinen tyttö herää ja sen äiti painaa nappia joka kääntää sängyn istuma-asentoon. Sängyn surina peittää vähäksi aikaa heiveröisen laulun ja kaikki kääntyy kattomaan tyttöä. Tyttö näkee Mikki Hiiren, osoittaa sitä sormella ja alkaa ensin hymyillä, sitten tirskua ja sitten nauraa hillittömästi. Se kikattaa niin ettei saa henkeä, ja hiljalleen nauru tarttuu kaikkiin.